# Prigioniero in una Notte di Neve

## Finché lei non appare e la sua anima si sente catturata

**Ashley Colem**

PRIGIONIERO IN UNA NOTTE DI NEVE

**First edition. December 16, 2023.**

Copyright © 2023 Ashley Colem.

ISBN: 979-8223131984

Written by Ashley Colem.

# Also by Ashley Colem

Bien Trop Brutal
Obsede Par Elle
Limite dépassée
Amour Improbable
Kataliya, la Parfaite Élue
Le Choix Ultime d'un Seul Amour
Réveille-toi, Barbara
Sexe à Répétition
Taïna est en feu
Captive d'une Nuit Enneigée: Jusqu'à ce qu'elle apparaisse et que son âme se sente captivée
Ces Attouchements Tabous: Cette nuit-là, il a changé ma vie pour toujours
Épuisement: Sienna est peut-être jeune, mais son corps sait ce dont il a besoin
Il va l'avoir: William veut Jesse plus que tout au monde
La Femme de ses Rêves: Il est obsédé par la jeune beauté qui lui a volé son cœur
Le No 1 des Connards: Il ne cherche pas d'excuses pour ce qu'il est ou ce qu'il fait
L'étrange Mariage du Milliardaire
Maintenant... Elle est à moi pour Toujours: Je mets un bébé dans son ventre et une bague en diamant à son doigt
Piégé par elle

Tenir si Fort: Il ne savait pas qu'une obsession pouvait s'emparer de lui aussi fort

Un Alpha de Mauvais Caractère: Aucune femme n'a jamais été capable de le gérer

Un Échange Très Étrange: Le destin de Cian et de Serenity, croisés dans un lycée américain

Limite Superato

Amore Improbabile

Kataliya, la Perfetta

La Scelta Definitiva di un Singolo Amore

Sesso ripetuto

Taina è in Fiamme

Esaurimento

Intrappolato da lei

La Donna dei Suoi Sogni

Lo Stronzo #1

Ora è mia... per sempre

Prigioniero in una Notte di Neve

Sta per Averla

Stringere Così Forte

Oh, notte nevosa, le stelle brillano intensamente. È la notte della grande caduta del taglialegna. Il suo cuore era rimasto a lungo in un sonno eterno. Finché lei non apparve e la sua anima ne fu affascinata.

Un brivido di speranza, il mondo del romanticismo esulta. Perché una nuova gloriosa storia sta per iniziare. Apri i tuoi lettori e leggi questa storia.

# Capitolo 1

Conn

"Dicono che cadrà su di noi circa mezzo metro di neve. Potresti voler prendere del pane. Stiamo finendo."

"Henry, Conn si prepara il pane." La moglie di Henry spinge da parte il vecchio per prendermi il latte. Me lo sventola in faccia. "Conn, lo vuoi in una borsa?"

"Lo porterò io."

«Sembra che tu abbia la preparazione per un buon stufato. Ma non vedo carne qui. Utilizzerai la carne di cervo? Ho sentito che hai preso un bel soldo l'altro giorno. Una dieci punti?»

"Non ci sono dieci punti da queste parti", borbotta Henry. È seduto su uno sgabello dietro la cassa con un pezzo di carne secca infilato all'angolo della bocca.

«Solo perché tu non hai fortuna non significa che Conn non l'abbia. Diglielo tu, Conn. La vecchia Karen guarda attraverso i suoi occhiali rotondi dalla montatura.

Alle spalle di Karen, Henry mi lancia uno sguardo tagliente e ammonitore. Questo è il motivo per cui non vengo spesso in città. È troppo facile entrare nella merda anche se stai attento a dove stai andando. Mi scompiglio i capelli rasati in cima alla testa e cerco una risposta che li renda entrambi felici. "Non posso dire di aver visto dollari di quelle dimensioni in giro."

Henry fischia. "Te l'avevo detto."

"Ciò non significa che non ne esistano", aggiungo in fretta.

"Giusto." Karen batte il sacchetto di farina con un po' troppa forza. Sussulto. "Solo perché non li vedi, non significa che non siano là fuori."

"Se fossero esistiti, li avrei visti e dal momento che io non li ho visti e nemmeno Conn, che vive in quel dannato bosco, loro non lo fanno. Così... come lo chiami?»

"Non è niente", insiste Karen e mi punta un bastoncino di zucchero. "Qui. Metti questo su uno dei tuoi pini. So che non stai decorando un albero di Natale.

"Sì signora." Inserisco la mia carta nel lettore.

"Lascia solo il ragazzo. Se non vuole festeggiare il Natale, non dovrebbe farlo".

"È perché non è sposato", risponde Karen, strappando la ricevuta. «Dovresti sposarti, Conn. Tua moglie può piantare un albero. Ti piacerà di più questa volta con le decorazioni. Mi tirano sempre su di morale".

"Non mi piacciono. Hai troppe dannate cose, Karen. Non abbiamo bisogno di merda indoor e outdoor".

Afferro i miei due sacchi, mi metto in spalla un sacchetto di cibo per cani e corro fuori come se avessi la coda in fiamme. Orso mi saluta con un latrato aspro quando esco dal negozio. Faccio di scatto la testa. "Andiamo."

L'husky si alza in piedi e corre verso il camion. Getto il cibo sul sedile posteriore e poi apro la porta d'ingresso perché possa salire. "Ricordatemelo quando mi sento di nuovo basso, così non devo venire in città", dico al mio ragazzo. Tiene la lingua fuori e annuisce eccitato. Gli graffio violentemente le orecchie prima di salire al posto di guida.

Quando mi sono trasferito qui a Pine Hollow cinque anni fa, pensavo che mi sarei goduto l'atmosfera di una piccola città, ma solo una piccola esposizione mi ha fatto capire che alla gente delle piccole città mancavano tante ghiande sull'albero quanto alle persone delle grandi città. Tutto ciò di cui ho bisogno nella vita è un computer, una cassetta della posta, il mio cane e una stufa. Il contatto con altre persone non è necessario.

Il vento inizia a rinforzarsi mentre guido verso il mio lodge situato a trenta minuti a nord di Pine Hollow. Vicino a me non c'è niente, a parte qualche capanna che resta vuota durante l'inverno e trecento acri di alberi e sentieri. Ho tagliato alcuni di quei sentieri io stesso e alcuni forniti dalla natura.

È un santuario e non voglio che venga disturbato, quindi quando incontro un'altra macchina che si muove lentamente sulla strada, mi acciglio e la sorpasso. Le strade quassù dovrebbero essere vuote. La neve inizia a cadere e la luce del giorno sta lentamente svanendo. Premo il pedale dell'acceleratore. È bello essere a casa mentre il sole tramonta sul lago.

Metto un paio di marmocchi sulla griglia e stappo una birra. Più tardi lavorerò un po', ma la cosa bella dell'essere un lavoratore autonomo è che fai le cose quando vuoi e in questo momento voglio rilassarmi sulla veranda con Orso al mio fianco mentre il sole fa un tuffo nell'acqua .

"Com'è questo suono?" Chiedo al mio ragazzo.

Abbaia d'accordo. I cani sono davvero i migliori amici dell'uomo. Non devi dire una parola, ma loro sono dalla tua parte. Una vera corsa o morte. Faccio un altro graffio a Bear mentre giro a sinistra lungo la mia strada. La vista che mi accoglie mi fa accigliare.

"Torna indietro, Orso," ordino. Lo fa immediatamente. Mi allungo e prendo la pistola dal vano portaoggetti. La catena che pende a circa un metro da terra attraverso la mia strada giace sulla ghiaia. Ci sono tracce di pneumatici che non corrispondono al mio camion schiacciato nella sabbia e nella roccia. Mi metto la pistola in grembo e guido attraverso la catena. La strada per casa mia è tortuosa. L'ho fatto in quel modo quindi non sarebbe stato facile arrivare a casa mia. Vedrei le persone arrivare e avrei tempo per prepararmi, ma significa anche che le persone davanti a me possono nascondersi e preparare un'imboscata. Tengo il dito sul grilletto della pistola mentre percorro la strada.

Non appare nessuno né alla prima curva né alla seconda. È solo quando la linea del tetto del mio lodge sfonda gli alberi che avvisto l'intruso, o la sua macchina. È un ultimo modello della Honda, grigio e così semplice che sembra essere stato trascinato via da un deposito militare. Frugo nel mio rolodex mentale e provo ad abbinare qualcuno dei miei ex compagni con questa macchina, ma non riesco a trovare nulla.

"Resta", dico a Bear. Annuisce e mi osserva in silenzio mentre fermo il camion e scendo. L'auto grigia è al minimo, i gas di scarico del motore vorticano nell'aria. Fatta eccezione per una piccola figura sul sedile del conducente, l'auto sembra essere vuota. Le apparenze possono essere ingannevoli. Tolgo la sicura e mi avvicino furtivamente alla macchina. Nessuno mi spara. Nessun finestrino è abbassato. La persona a bordo del veicolo non sembra muoversi.

Sbatto una volta la mano contro il vetro. La figura si alza di scatto, i lunghi capelli svolazzano mentre l'autista si gira verso di me. Gli occhi azzurri larghi e brillanti incontrano quelli marrone scuro.

"Fanculo."

# capitolo 2

Fede

"È un taglialegna", sussurro a Smittens, che è raggomitolata nel suo letto sul sedile posteriore della mia macchina. Non so perché le piacciano così tanto i viaggi in macchina. Non fa altro che dormire tutto il tempo, ma se me ne vado senza di lei miagola finché non torno. Sono già stato cacciato da un appartamento per questo. "Sembra arrabbiato."

"Cosa fai?" Chiede l'uomo togliendo la mano dalla mia finestra. Sono scioccato che non sia andato in frantumi per la forza con cui l'ha colpito. È fortunato che non mi sono pipì addosso per il modo in cui mi ha sorpreso. La mia vescica stava già per scoppiare; non aveva bisogno di alcun aiuto.

"Devo fare pipì." Apro la porta. Salta indietro prima che possa colpirlo. "Scusa." Salto fuori, impreparato al terreno scivoloso. I miei stivali, che sono carini e pelosi, sono fatti più per sembrare adorabili e non tanto per la neve vera. Non hanno assolutamente alcuna trazione. Me ne rendo conto un po' troppo tardi quando comincio a cadere. Due braccia giganti mi afferrano prima che possa affrontare la pianta.

"Cazzo", abbaia di nuovo.

"Hai una bocca terribile." I miei occhi si spostano sulla sua bocca, circondata da una bella barba curata. La sua bocca è davvero carina. Baciabile? Chiami baciabile la bocca di un taglialegna?

"Che diavolo è quello?" Giro la testa e vedo Smittens che salta giù dall'auto.

"Percuoti!" La chiamo mentre si avvia verso la veranda della graziosa baita davanti alla quale sono seduto da venti minuti. Il signor Lumberjack mi rimette in piedi mentre un cane simile a un lupo ci supera correndo verso Smittens.

"Dio mio! Prendi il tuo cane. Lo ucciderà! Urlo, liberandomi dalla presa dell'uomo per cercare di salvare il cane. Gli innamorati possono essere una cosa da poco, ma sa essere cattiva quando vuole esserlo.

"Orso!" L'uomo grida dietro al suo cane. Smittens si gira di scatto, lanciando al cane uno sguardo mortale mentre alza la schiena. Il cane si ferma e cade su un fianco. Rimango lì scioccato. Santo cielo!

"Lo ha ucciso?" sussurro. Vedo la coda del cane che scodinzola e tiro un sospiro di sollievo. È di breve durata. "Fare pipì. Devo fare pipì." Mi rivolgo all'uomo, afferrando il suo cappotto in modo che mi guardi e veda quanto sono serio. "Ho paura di farlo qui. Qualcosa potrebbe mordermi o la mia pipì potrebbe congelarsi. È davvero una cosa?" Mi guarda come se stessi parlando un'altra lingua. "Apri la porta!" Grido l'ultima parte. Utilizzerò il suo bagno, che gli piaccia o no. "Ora." Lo comando anche se è molto più grande di me.

Mi afferra per il gomito, conducendomi verso la casa e su per le scale. Non sono sicuro se mi stia malmenando o si stia assicurando che non commetta un altro errore. Sembra così serio. Probabilmente ha paura che mi rompa il bottino e provo a fargli causa o qualcosa del genere. In ogni caso, apre la porta e questo è tutto ciò che conta. Smittens corre in casa come se fosse la proprietaria di quel maledetto posto. Non sono scioccato per niente dal suo comportamento. Il cane gigante salta su, seguendola dentro.

"Non era chiuso a chiave?" Avrei potuto fare pipì molto tempo fa. Non avevo nemmeno pensato di controllare la porta. Chi non chiude a chiave la porta? Aspettare. Sono io quello che entra nella casa di un uomo che non conosco in mezzo al nulla. Forse dovrei trattenere ogni giudizio.

"Bagno." Mi guida dentro senza rispondere alla mia domanda. Indica una porta. Mi lancio verso di esso prima che mi esploda la vescica. È una lotta per togliermi tutta la roba invernale abbastanza velocemente e abbassarmi i pantaloni. Emetto un gemito quando finalmente ottengo sollievo.

"Che cazzo sta succedendo?" sento dire dall'uomo nell'altra stanza.

"Sto pisciando." Grido la mia risposta in modo che possa sentirmi attraverso la porta. Borbotta qualcosa che non riesco a sentire.

"Che cosa?" Resto in piedi, mi lavo le mani. Non mi risponde. Mi guardo allo specchio. Ehi. Ho un aspetto davvero disastroso. Provo ad appiattirmi i capelli, ricordando che fuori dalla porta c'è un bel boscaiolo. Chiudo gli occhi pensando agli ultimi tre minuti della mia vita. I miei capelli non sono l'unica cosa che è un disastro. Anch'io rientro in quella categoria. Questo ragazzo probabilmente pensa che io sia pazzo.

Faccio del mio meglio per mettere in ordine il mio aspetto. Questo è quanto di meglio si possa ottenere. Mi sistemo una ciocca di capelli dietro l'orecchio. Aspettare. Infilo la mano nel maglione e accendo le luci per farlo illuminare. È blu navy ma ha fiocchi di neve bianchi che si illuminano. Questo mi fa sentire un po' meglio. Potrebbe distrarre dai miei capelli. Mi chino, raccolgo guanti, cappotto e sciarpa prima di aprire la porta del bagno e mettere fuori la testa.

I miei occhi vanno dritti a Smittens, che ha fatto un letto al cane. In realtà è sdraiata proprio sopra di lui. Il signor Lumberjack torreggia su di loro mentre li fissa dal divano. Sembra che abbiano fatto esattamente questa cosa centinaia di volte.

"Mi dispiace." Faccio cenno verso il bagno. La sua testa si alza di scatto, i suoi occhi si incrociano con i miei. Il mio battito cardiaco accelera. È davvero bello, in un certo senso. Mi lecco le labbra mentre lo osservo completamente. "Riguardo a tutto il discorso sulla pipì." Eccomi di nuovo. Non riesco a smettere di parlarne! Cosa c'è di sbagliato in me? Ho bisogno di cambiare argomento.

"Dov'è il tuo albero?" chiedo, guardandomi intorno nella sua cabina. È rustico ma ha un aspetto moderno. Non c'è una decorazione natalizia, però.

"Il tuo maglione si sta illuminando." Le sue sopracciglia si corrugano insieme per formare quello che assomiglia molto a un cipiglio. Che tipo di persona disapproverebbe questo adorabile maglione?

"Carino, vero? Ho più. Sono in macchina." Indico la mia macchina, guardando fuori dal finestrino. La neve sta scendendo a dismisura adesso. Quello sguardo scontroso non cambia con la notizia dei miei maglioni aggiuntivi. Questo ragazzo è un osso duro da spezzare. "Sta davvero scendendo adesso", suggerisco, sperando che non mi costringa a tornare là fuori. Non morde subito mentre continua a fissarmi. Sembra che non sappia cosa fare con me.

"Non puoi guidare quel tipo di macchina con questa. Non è nemmeno legale". Oh, grazie a Dio, pensavo che non mi avrebbe mai offerto di restare.

"Immagino che resterò per la notte." Scherzo ma lui non ride. "Non è colpa mia se non hai i numeri alla fine del tuo vialetto! Solo quando sono arrivato a casa ho capito che era il posto sbagliato. Sbuffo perché è un grande idiota. Voglio dire, ho fatto il possibile per essere amichevole e ho persino acceso quelle maledette luci del maglione. Il minimo che può fare è cercare di essere un po' gentile. Sorridere lo ucciderebbe?

"Quindi hai tolto la catena e hai guidato lungo il vialetto?" Incrocia le braccia sul petto, facendolo sembrare più grande di quanto non sia già.

"Il mio telefono è morto. Diceva altre due miglia e ho pensato che fosse giusto.

"Il tuo telefono è morto", ripete.

"Beh, ho portato un caricabatteria per auto ma non funzionava o qualcosa del genere." Non voglio ammettere di averne preso uno per un diverso tipo di telefono. Non me ne sono reso conto finché non sono andato a usarlo ed era troppo tardi.

Si passa una mano sul viso. "Dove stavi cercando di andare?"

Divago sull'indirizzo.

"Sei una città finita." Scuote la testa. "Sei una delle donne di King?" I suoi occhi vagano su di me. Le sue sopracciglia si aggrottano come se non ci credesse. Non so che aspetto abbia una delle donne di King, ma immagino di non essere all'altezza secondo Mr. Lumberjack, di cui ancora non conosco il nome.

"Sto incontrando un certo signor King." Almeno avrei dovuto esserlo. Sto affittando una piccola cabina per il mese. Avevo bisogno di scappare. Pensavo che un mese di esclusione mi avrebbe fatto bene.

Mi sono lasciata alle spalle la mia orribile ex e la altrettanto orribile sorellastra, Trish, che si stava scopando la mia ex. Chissà da quanto tempo andava avanti? Non c'è da stupirsi che non abbia mai provato a infilarsi nei miei pantaloni. Perché non uscire con lei tanto per cominciare? Niente di tutto ciò aveva senso per me. E pensano che io sia quello strano.

Quest'anno non andrò a nessuna festa di famiglia. Possono succhiarlo tutti. Le loro vacanze saranno noiose senza di me lì a far risplendere la giornata con tutto il mio allegria natalizia. Il Natale è la mia festa. Faccio tutto il lavoro. Mi assicuro di riunire tutti. Lo so, è perché mi sento come quello strano. Mio padre sposò una donna che aveva due figlie e un figlio. Mia madre è fuori dai giochi. È stata così per tutta la mia vita. Penso che mio padre stesse cercando di creare una famiglia per noi, ma in realtà mi sono perso nella confusione, anche se ho lavorato duro per cercare di adattarmi.

Aspetto con ansia il Natale ogni anno e non posso fare a meno di pensare che la mia sorellastra si è assicurata che tutta questa grande esplosione con il suo dormire con il mio ragazzo accadesse apposta durante il Ringraziamento. Mi sono semplicemente alzato e sono uscito. Peggio ancora, mio padre non mi ha inseguito. Nessuno lo ha fatto. Tutto quello che ho sentito è stato urlare e urlare per un ragazzo che comunque faceva davvero schifo. Sono uscita con lui solo perché Trish mi ha implorato di farlo.

"Non con questo tempo, non lo sei." Lascia cadere le braccia incrociate sul petto. "Il tuo gatto sta già dormendo e il sole sta tramontando."

«Dorme sempre.» Batto la mano nella sua direzione. Normalmente però non dorme sui cani. Le piace sedersi sulla sua amaca nel mio appartamento e fischiare contro di loro mentre passano per la strada sottostante. Adesso ha fatto un letto con uno. "Oltretutto. Non sembri troppo entusiasta perché resti qui per la notte. Non hai nemmeno riso della mia battuta sul restare qui per la notte," dico, anche se non stavo davvero scherzando. Incrocio le braccia sul petto, fingendo di essere offeso.

"Perché non era uno scherzo." Detto questo, esce dalla porta principale, lasciandomi lì. Lo seguo fuori ma mi fermo quando arrivo alla porta, rendendomi conto che non ho addosso la mia attrezzatura invernale e fa freddo. Lo guardo mentre inizia a tirare fuori le cose dalla mia macchina e a portarle dentro.

"Cosa fai? Non ho bisogno di tutto questo per una notte.

«Meglio averlo qui. Le tue porte potrebbero bloccarsi", mi dice prima di uscire di nuovo. Lo guardo mentre porta dentro tutto. Ci vogliono quasi cinque viaggi.

"Come hai fatto a mettere così tanta merda in quella macchinina?"

"Non è una merda." Difendo le mie cose. Mi guarda come se non mi credesse. Provo a fissarlo ma non fa nulla. Sapevo che non sarebbe successo perché le mie capacità evidenti mancano. Dovrei prendere una lezione da lui.

"Stai davvero interpretando questa cosa scontrosa del taglialegna."

"Non sono un taglialegna."

"Non tagli la legna?" I miei occhi si spostano verso il camino accanto al quale c'è legna caricata.

"Non fa di me un taglialegna."

"Possiamo accendere un fuoco?" Mi avvicino al bellissimo camino circondato dalla pietra. Mi chiedo se sia originale per la casa.

"Puoi restare in tema?"

"Chiaramente rimango. Voglio dire, non devi implorarmi. Hai già portato dentro tutta la mia roba." Giro. Lancia un'occhiata al mio maglione. Continua a guardarlo. "È carino."

"Hai notato per caso che i fiocchi di neve sono proprio sopra le tue tette?"

Alzo le mani, coprendomi i seni come se fossero visibili. Fa un sorriso. Il suo primo ed è davvero stupendo. Provo un altro dei miei sguardi che lo fanno solo scuotere la testa.

"Vieni, Orso." Gli dà una pacca sulla gamba ma il cane non si muove. Smittens si alza, tasta il cane e si mette di nuovo a suo agio in una nuova posizione sopra il cane.

"Sì, Smittens ottiene quello che vuole."

"Questa è la mia casa." Gli dà di nuovo una pacca sulla gamba. L'orso non si muove di un centimetro.

Guardo i miei Smittens. "Non più."

# capitolo 3

Conn

La mia casa è stata invasa. Il mio spazio è stato... violato da una ragazza che non arriva molto più in alto del mio petto e da un gatto ancora più piccolo il cui nome è Smittens? Chi diavolo dà un nome a qualcosa, per non parlare di quella creatura malvagia, Smittens?

"Ti presterò la mia macchina", dichiaro. Non posso farla restare qui ancora a lungo. Già il profumo della casa sta cambiando. Sta diventando... più dolce. Odio la merda dolce.

"Per quello?"

«Così puoi andare a casa di King.» L'ultima cosa che voglio fare è avere a che fare con le donne di King. Sono tutti una specie di pasticcio. Vivo qui nel bosco per evitare disordini e persone.

"Non so guidare un camion." Si avvicina al caminetto. "Penso che tu abbia bisogno di una licenza speciale per quello. Guido solo auto e in particolare la mia macchina. Sai che ogni macchina ha la sua personalità. La mia, tra l'altro si chiama Minnie, è molto capricciosa. Non le piace il freddo estremo o il caldo estremo. Inoltre non è molto brava a filtrare il polline, ma nonostante tutto ciò, arriva sempre quando ho bisogno di lei. Come oggi, anche se nevicava e non ho quelle gomme speciali per la neve, è arrivata a casa tua senza problemi."

Mi stringo il ponte del naso. Le cose non stanno andando come penso dovrebbero e non sono sicuro di cosa fare. Non posso rimuoverla fisicamente perché dovrei toccarla ed è un pezzo così sexy che se metto le mani in qualsiasi parte del suo corpo, specialmente vicino al suo spettacolare rack, so che finirò per sdraiarla sulla prima superficie orizzontale e scopandola a sangue.

Ma a meno di andarla a prendere e caricarla sul mio furgone, come diavolo farò a tirarla fuori? Si sistema davanti al caminetto e comincia a grattare Orso dietro le orecchie. Lui emette un gemito pietoso e appoggia la testa sulla sua gamba. Il suo naso non è così lontano dalla figa della

ragazza e ho questa improvvisa, irrazionale ondata di gelosia per il mio dannato cane. Questo è un incubo.

"Ho una macchina."

Lei inclina la testa. "Che cos'è?"

Da questa angolazione posso vedere la parte superiore delle sue tette, tutte rosee e rimbalzanti. Mi lecco le labbra. Avrebbe un buon sapore. Lo so per certo. Le sue tette saprebbero di pesca e la sua fica saprebbe di panna. Mi chiedo quanto sia sensibile. Verrebbe subito o ha bisogno di un po' di lavoro? Non mi interessa in ogni caso perché sono entrambi buoni. Se venisse subito, la mangerei di nuovo e se avesse bisogno di un po' di lavoro, per me è un piacere ancora maggiore... mi scuoto. Non ho bisogno di percorrere quella strada. I miei pantaloni da lavoro sono già stretti. Cosa stavo dicendo? Oh, sì, la mia macchina. Il mio bambino. La mia Shelby Mustang classica del 1967 costruita su misura, vale la bella cifra di 2 milioni di dollari. Ha 427 cavalli e anche se probabilmente si comporta come un asino sulla neve, ha abbastanza potenza per spingerla fino a King's.

La ragazza di fronte a me sembra appartenere a quella Mustang. Non c'è molto sedile posteriore, quindi il posto migliore per farla sarebbe il cofano. Dovrei spingerle le tette sul cappuccio, abbassarle i pantaloni e allargarle le gambe in modo che la sua figa fosse aperta e pronta per me. Sarebbe eccitata, ovviamente, perché è la Shelby e chi non lo sarebbe? La crema le colava lungo la gamba e io strofinavo la punta del mio cazzo nel suo sperma finché non diventavo lucido con il suo succo. Poi mi sbatterei contro di lei e le farei rimbalzare quelle tette sul petto. Le spingevo il culo in alto finché non era in punta di piedi e doveva fare affidamento su di me per mantenere l'equilibrio. L'unica cosa che l'avrebbe tenuta in piedi sarebbe stato il mio cazzo duro nella sua fica bagnata.

La ragazza si schiarisce la voce. "Uhm, prima che ti venga qualche idea" – lancia uno sguardo puntato verso il mio inguine e il mio uccello si contrae felicemente in risposta – "forse dovremmo presentarci. Sono Faith. Tende la mano nella mia direzione.

Mi chiedo cosa farebbe se le prendessi il palmo della mano e lo appoggiassi sul mio cazzo dolorante. Sì, è ovvio dai miei pantaloni larghi da lavoro in tela che al momento sono completamente attento. Inoltre, anche stringerle la mano sarà pericoloso. Mi giro di scatto e mi avvicino a una piccola fila di ganci vicino alla porta che separa la cucina dal garage. Afferrando le chiavi della Shelby, torno e gliele lancio. Lei non fa alcun movimento per prenderli e loro cadono a terra ai suoi piedi. Bear è nel paradiso dei cani e non guarda nemmeno nella mia direzione. Il gatto fa un ampio sbadiglio, la piccola lingua si arriccia con disprezzo prima che Smittens riposi la testa sulle sue zampe.

Faith stringe le sue belle labbra e scuote la testa. "Ho troppo caldo per andarmene adesso. Inoltre, sono sicuro che probabilmente sia un crimine costringere qualcuno a lasciare un fuoco, un cane e un gatto. Anche se non si tratta di un vero crimine, sappiamo entrambi che sarebbe completamente immorale, quindi farò finta che non ci siano le chiavi di qualche macchina di cui non ho mai sentito parlare prima di giacere ai miei piedi. Accarezza il tappeto accanto a lei. «Vieni e prenditi un carico. Forse avevi intenzione di sederti accanto al fuoco, vero? Oppure perché altrimenti ne accenderesti uno? Ti racconterò tutto del mio terribile fine settimana e tu potrai raccontarmi il tuo.

Lancio un'ultima offensiva disperata. "Se non te ne vai, ti scoperò sul tappeto davanti a Bear and Smittens, quindi prendi le chiavi o ti togli i vestiti."

# capitolo 4

Fede

Copro le piccole orecchie di Smittens. "Non parlare così davanti a loro." Non posso contrastare la mia reazione alle sue parole crude. Sono stranamente attratto dal boscaiolo scontroso che ancora non mi ha detto il suo nome ma ha detto che mi scoperebbe. Dovrei essere sconvolto. Non credo che nessuno in tutta la mia vita mi abbia mai parlato in quel modo.

I miei occhi si spostano rapidamente sulle chiavi che sono ancora sul pavimento accanto a me. Valuto le mie opzioni. Potrei prendere la macchina e andarmene di qui oppure accettare l'offerta del signor Lumberjack. Afferra le chiavi prima che io possa dirgli la mia risposta. Alzo lo sguardo, incontrando i suoi occhi che ora sembrano pieni di desiderio.

"Troppo tardi." Infila le chiavi nella tasca dei pantaloni. "King ha perso la sua occasione."

"Ho già pagato l'affitto del mese. Non penso che stia perdendo nulla". A questo King probabilmente non importa se mi faccio vedere o no. Ha già il pagamento per l'affitto della cabina. "Inoltre, accetto la tua offerta." Annuisco, avendo preso la mia decisione. "Dopo aver messo a letto i bambini." Alzo le mani dalle orecchie di Smittens, baciandole la sommità della testa.

"Che cosa!"

Lo guardo di nuovo. Penso di averlo scioccato un po' accettando la sua proposta. "Hai fatto un affare, Jack." Lo giuro, io e lui non parliamo la stessa lingua ma penso che il sesso sia universale, quindi non importa.

"Mi chiamo Conn", mi corregge.

"Hmm." Discuto su quale nome mi piace di più. "Ma sembri più un taglialegna." Studio il suo viso. La sua mascella è dura. I suoi lineamenti del viso sono taglienti. Lascio che i miei occhi vaghino su di lui, osservandone ogni piccola parte. "Sì, posso vedere anche Conn. Credo che ti chiamerò così."

"Preferirei che mi chiamassi per nome mentre ti scopo."

Rimetto le mani sulle orecchie di Smittens. "Lo capirai", gli sibilo. Lo sto solo prendendo in giro. Ovviamente Smittens non ha idea di quello che sta dicendo, ma sto cercando di convincere Conn a sorridere. Anche se è solo piccolino.

"Hai ragione. Lo comprerò." Fa gli ultimi passi tra di noi. Con un movimento rapido mi solleva da terra. "Sai cosa hai appena accettato?"

"Sesso di vendetta." Si ferma a metà passo. Non sono proprio sicuro di dove sia diretto. Forse nella sua camera da letto in modo che Smittens e Bear non vedano i momenti sexy. Non ho mai fatto niente del genere prima in vita mia, ma dopo come sono andate le cose a casa, getterò al vento la prudenza e mi godrò questo grosso pezzo d'uomo. Sembra che sia esattamente ciò di cui ho bisogno per dimenticare che la mia vita è un disastro.

"Sesso per vendetta?" chiede. La sua espressione facciale cambia. È difficile dire se sia diventato più scontroso. Era possibile?

"Sì. Non è così che lo chiamano? Per dimenticare un ragazzo, ti metti sotto un altro?" Aspetta, conta anche se non sono mai stata sotto la mia ex? Conn mi fa sedere sul divano. Si pizzica ancora una volta il ponte del naso. Sembra frustrato ma non sono sicuro del perché.

"Voglio chiarire le cose prima di perdere la testa."

"Sembra che tu abbia già superato quel punto." Posso dire che Conn sta combattendo una sorta di battaglia interiore con se stesso. Semplicemente non so se si tratta di lui che fa lo sporco con me. Non vedo perché debba essere una battaglia. Sono pronto a perdere la carta V a causa di questo taglialegna sexy. Cercavo un'avventura. Qualcosa per distogliere la mente dalla mia famiglia ed è esattamente quello che ho trovato. Anche se è grande ovunque, in qualche modo so che mi renderà tutto migliore.

"Puoi smettere di parlare per due minuti?"

Annuisco con la testa. Penso di poterlo gestire. Smittens non ce l'ha, però. Miagola mentre fa di nuovo un letto a Bear. Continua a sbirciarmi. So che è perché vuole che torni accanto al fuoco e lo accarezzi ancora un po'.

"Esci con King?" Scuoto la testa no. "Allora perché stavi andando a casa sua?" Lo guardo, pensando che siano trascorsi solo circa trenta secondi dei miei due minuti di silenzio. "Mi risponderai?" Apro la bocca e poi la chiudo. Sta cercando di indurmi a parlare con l'inganno. Io sto zitto perché sono competitivo e non lo perdo.

"Puoi parlare." Ringhia. Per qualche motivo non sono minimamente scioccato quando il suono proviene da lui. Il ringhio è piuttosto appropriato da parte sua. Inoltre non aiuta con i miei capezzoli induriti. Non posso dare la colpa al freddo. Il caminetto aveva fatto un buon lavoro nel riscaldarmi, ma era stata la sua sporca proposta a farmi accaldare dappertutto.

"Sto affittando una cabina da lui", rispondo. Rientro nella regola dei due minuti di non parlare? Non ne sono sicuro, quindi rimango lì con la bocca chiusa. "Te l'ho già spiegato." Incrocio le braccia sul petto per la frustrazione. Ovviamente è grosso dappertutto, non solo sul corpo. Dio, quelle cosce probabilmente hanno il potere di portare qualsiasi donna all'orgasmo.

"Non coprirti." I suoi occhi mi seguono dalla testa ai piedi. Tengo le braccia sul petto perché adesso mi sto arrabbiando con lui. Non mi piace che mi venga detto di non parlare. Mia sorella diceva sempre che parlavo troppo. Su cui ho divagato.

"Non parlare, non nasconderti, non restare qui", gli dico aspramente perché mi sta facendo impazzire. Metto le mani sui fianchi finché non mi rendo conto di averlo ascoltato inavvertitamente. Poi li sollevo e li incrocio di nuovo sul petto. Giuro che vedo il suo labbro sollevarsi leggermente. Torno al caminetto e metto le mani sulle orecchie di Smittens. "Prenderai la mia verginità o no?"

# Capitolo 5

Conn

Il telefono squilla prima che io possa risponderle. Sapevo che non avrei mai dovuto installare alcuna tecnologia in casa mia.

"Wow, una linea fissa. Hai un vero telefono sul muro. " Salta su dal pavimento e corre in cucina per ispezionare la macchina infernale. "Ed è un quadrante rotante! Dove lo hai preso?"

Si comporta come se non mi avesse semplicemente chiesto di scoparla. Mi gratto dietro l'orecchio e la guardo confuso mentre esamina il telefono.

"È arrivato con la casa." Mi avvicino e appendo le chiavi della macchina al gancio. Il sole è quasi tramontato. Orso si alza in piedi e va verso la sua ciotola. Dà una gomitata con il naso al contenitore vuoto di acciaio inossidabile. Apro il frigorifero e prendo fuori il cibo per il suo cane. Gli innamorati devono sentire l'odore della carne perché anche lei arriva correndo, avvolgendo il suo minuscolo corpo attorno alle gambe di Orso.

"Non hai intenzione di rispondere?"

"NO." Verso il composto di carne nella ciotola e poi ne cerco uno più piccolo per Smittens. "Cosa mangia il tuo gatto?"

"E se fosse importante?"

"Chiameranno di nuovo." Proprio al momento giusto gli anelli si tagliano. "Cosa mangia il tuo gatto?" Io ripeto.

"Oh, ehm, cibo per gatti." La fede mi si avvicina. Punta un dito contro un pezzo di carne cruda. "Questo è cibo per cani? Penso che il tuo cane mangi meglio di me. Cosa c'è qui? Piselli, carote, bistecca?»

Ha l'odore di un albero da frutto. Vorrei scardinare la mascella e inghiottirla intera, ma lei è qui fuori a chiedermi ricette di cibo per cani. «Farina d'avena» grugnisco.

"Fiocchi d'avena?"

"Acidi grassi. Contiene tuorli d'uovo, bistecca, carote, piselli, spinaci e farina d'avena.

"È meglio di quello che mangio di solito. Yum." La sua piccola lingua serpeggia fuori.

È piuttosto piccola, ma forse è perché non ha abbastanza da mangiare. La sua macchina è un ultimo modello, edizione straniera: affidabile ma non lussuosa. I suoi vestiti sembrano decenti. Voglio dire, il suo maglione si illumina e immagino che non possa essere economico, giusto? Forse spende tutti i suoi soldi in vestiti e non ne ha abbastanza per mangiare. Immagino che dovrei dar da mangiare alla ragazza prima di fare qualsiasi altra cosa, sia che si tratti di scoparla o di mandarla al King's. Il pensiero di mandarla al King's mi fa incazzare, quindi continuo a concentrarmi sul cibo.

"Ti va bene che ne dia un po' al tuo gatto?"

"Non lo so. Cosa succederebbe se Smittens mangiasse questo cibo e poi rifiutasse il cibo per gatti? Sono una pessima cuoca e non riesco a preparare un pasto così buono per me, figuriamoci per il mio gatto. Ma forse capirebbe che siamo in vacanza e che quando sei in vacanza ottieni sempre qualcosa di speciale. Anche se, a dire il vero, non siamo davvero in vacanza. Sto scappando."

Stringo il pugno attorno alla piccola ciotola che ho preso per gli Smittens. "Che cosa hai detto?"

"Ehm? Che sono una pessima cuoca?» Solleva la ciotola e la annusa. "Non ha nemmeno l'odore di cibo per cani. Sei sicuro che sia questo che mangia Orso e non tu? Forse hai preso la borsa sbagliata dal frigo." Lei agita una mano davanti al mio viso. "Hai problemi di vista? Questo avrebbe senso per me perché devi avere dei difetti. Non puoi essere sexy con una vista perfetta, giusto? Dio deve lasciare del materiale per il resto di noi".

Il fulmineo cambio di argomento e il complimento inaspettato mi lasciano senza parole. Pensa che io sia... attraente? Non credo che nessuno abbia mai detto una cosa del genere su di me. Scontroso. SÌ.

Stronzo. Anche sì. Non buon vicinato. Doppio sì. Forse è lei quella cieca. Questo ha senso per me, ma lo metto da parte perché c'è qualcosa di più importante da affrontare. Questa ragazza è in pericolo.

Verso un po' di cibo per cani nella piccola ciotola che ora è leggermente sbilenca per essere stata stretta troppo forte nel pugno e la appoggio sul pavimento con quella di Bear. Aspetto che i due animali inizino a mangiare prima di affrontare Faith. «Hai menzionato la vendetta, King, e la fuga. Tutte queste cose mi dicono che sei nei guai, quindi inizia a parlare.

Lei agita la mano. "Non è niente di grave. È solo che il mio ex mi tradisce con la mia sorellastra, tutto qui. Non è che lo amassi. Non sono nemmeno sicuro che mi piacesse molto. Trish, la mia sorellastra, è stata la prima a mettermi in contatto con lui. Perché lo facesse quando lo voleva lei stessa, non lo so. Non ha davvero senso, vero?"

Rimetto il cibo nel frigorifero e poi mi dirigo verso la porta.

"Ehi, dove stai andando?"

"Per uccidere il tuo ex."

Faith vola attraverso la stanza e si incolla alla porta. "Noooo. Non lo voglio. Non te l'ho detto perché tu potessi compatirmi o vendicarmi".

"Hai detto che volevi vendetta."

"NO. Ho detto che volevo fare sesso per vendetta. Sbatte le ciglia verso di me. "Questo era il mio modo per dirti che va bene se vuoi venire a letto con me perché sei sexy e se ho bisogno di perdere la mia carta V, dovrebbe essere con qualcuno che è empiamente poco attraente. Anche se, forse perché hai caldo, non starai bene a letto. Ho sentito che ragazzi molto attraenti hanno entrambi peni piccoli e non sanno come farli funzionare. Si batte un dito contro la guancia. "Ma per te non è vero perché ho visto..." Si interrompe con un piccolo colpo di tosse. Il rosa le tinge le guance. "Beh, sai cosa ho visto."

Se si riferisce al legno nei miei pantaloni circa dieci minuti fa, allora sì, so di cosa sta parlando. Il mostro si sta già svegliando di nuovo al suo riferimento disinvolto. "Voglio ancora ucciderlo", le dico.

"È un pensiero terribilmente carino, ma non vale i tuoi sforzi."

Non lo compro. Perché si dice che King's sia il posto dove vai quando sei nei guai. L'indirizzo non viene dato a chiunque ed è sempre alle donne. Li vedi in città di tanto in tanto, ma restano chiusi in se stessi, non parlano molto con nessuno. Rimangono per un po', a volte solo poche settimane, e poi se ne vanno. Alcune persone in città pensano che gestisca un bordello e sono tutte prostitute. Alcuni pensano che stia adescando spie donne. Ma sono abbastanza sicuro che sia un nascondiglio per le donne in pericolo. "Allora perché corri da King?"

# Capitolo 6

Fede

"Qual è il tuo accordo con questo King?" Lo fisso. La mia migliore amica, Nora, mi ha detto che potevo fidarmi di King e ora comincio a sentirmi un po' protettiva nei suoi confronti. Non capisco perché questo vecchio taglialegna faccia tutte queste domande. L'unica cosa che so è che ha una cabina ed è stato più che felice di affittarmela. In effetti, King mi aveva detto che se non avessi avuto i soldi sarei potuto comunque venire. Ho insistito per pagare a modo mio perché in questo momento ho i soldi. Non mi sembrava giusto non pagare quando potevo permettermelo. Non ho mai incontrato quest'uomo, ma devo sperare che le sue intenzioni siano buone.

"Non hai bisogno di King. Posso risolvere qualunque problema tu abbia." Taglia. Incrocia le braccia sull'ampio petto. Ogni volta che lo fa mi viene un formicolio dentro. Perbacco. Lui è bello. Uno sguardo a lui mi fa dimenticare qualunque cosa stia dicendo o facendo.

"Beh, non ho bisogno che tu uccida nessuno." Alzo gli occhi al cielo. "È disgustoso." Sangue e poliziotti. Un processo per omicidio. Adoro un buon libro di suspense romantico, ma non credo che mi piacerebbe quello vero. Mi tocco il dito sulle labbra pensando. "Ma forse questa cosa del sesso di vendetta funzionerà. Potremmo fare delle foto carine insieme. Potremmo far sembrare che siamo una coppia. Allora il mio ex mi lascerà in pace perché vedrà che sono andata avanti! Una volta che avrà visto la tua taglia..." Scorro con lo sguardo il suo corpo massiccio. "Sicuramente non mi tormenterà più." Mi lecco le labbra. Non posso farci niente. Non ho alcun controllo su me stesso intorno a quest'uomo. È stato lui a parlare di come farlo.

Forse riuscirà finalmente a convincere il mio ex a smettere di far esplodere il mio telefono e di presentarsi in posti a caso in cui mi trovo. Questo è uno dei motivi principali per cui me ne sono andato. Stava iniziando davvero a spaventarmi. Non lo capisco. Mi ha tradito ma vuole ancora stare insieme? Per qualche folle ragione, sono io quella che si sente male perché penso che la mia sorellastra sia innamorata di lui. Come ho detto prima, niente di tutto questo ha senso, quindi la cosa più semplice per me è stata andarmene.

"Che tipo di maglioni natalizi hai? Penso che la nostra foto sarebbe così carina se abbinassimo. Anche Bear and Smittens avrà bisogno di qualcosa. Sto per ricominciare a parlare ma prima che mi renda conto di cosa sta succedendo, la sua bocca è sulla mia. Le sue mani affondano nei miei capelli mentre mi prende la bocca, possedendone ogni centimetro. Premo il mio corpo contro il suo, volendo stargli il più vicino possibile. Un piccolo gemito sfugge alle mie labbra, costringendolo a rilasciare la mia bocca.

Sono un po' agitato per tutta la faccenda, quindi dico la prima cosa che mi viene in mente. "È un sì indossare il maglione di Natale?" Espiro. Ho la sensazione che non ne possieda uno. "Scommetto che posso farne uno con alcune luci di Natale e un maglione che hai già."

"Che cosa farò con te?" Scuote la testa mentre mi rimette a terra. Non mi sono nemmeno accorto che mi aveva preso in braccio quando mi ha baciato. Le mie labbra formicolano ancora. Come sarebbe se mi baciasse in altri posti con quella bocca? Potrebbe non avere importanza se è cattivo a letto con una bocca del genere.

"Ascoltami e basta. So che sembra pazzesco ma penso davvero di poter realizzare un maglione con delle lucine natalizie. Voglio dire, dovrai rimanere collegato a una presa, ma è solo per le foto. Mi lecco le labbra per assaggiarlo ancora. Non pensavo che avesse un sapore così dolce, ma lo è.

"Hai dei biscotti?" chiedo, pensando di assaggiare il cioccolato. Il mio stomaco brontola, non ricordo l'ultima volta che ho mangiato. È una mia cattiva abitudine. O mangio tutto quello che vedo o mi dimentico del tutto di mangiare. Nora dice che sono una persona del tipo "tutto o niente". Penso che abbia ragione. Normalmente lo è. La faccia di Conn improvvisamente torna ad essere quella scontrosa da cui non dovrei essere attratta, ma lo sono. È lunatico, questo è sicuro. Forse ha bisogno di un po' di quello che gli avevo offerto prima.

"Sono sicuro che-"

"Oh, devo usare il tuo telefono!" Mi viene in mente che devo far sapere a Nora che sto bene. Gli sfreccio intorno ma non sono abbastanza veloce. Il suo braccio mi avvolge la vita, sollevandomi da terra. L'orso emette un abbaio. Guardo dalla sua parte e Smittens gli dà uno schiaffo, facendogli sapere di smetterla. Lui cade di nuovo a terra e lei gli striscia addosso, rimettendolo al suo posto.

"Non lo chiamerai."

"Certo che non chiamerò il mio ex." Mi dimeno nella sua presa, godendomi di essere tra le sue braccia. In passato, quando il mio ex cercava di avvicinarsi a me, mi allontanavo. Con Conn sto scoprendo che voglio aggrapparmi a lui. Forse addirittura arrampicarsi su di lui come su un albero. Più riesco ad avvicinarmi, meglio è.

"Re." Lui mezzo ringhia. Potrebbe essere un ringhio o potrebbe essere il modo in cui parla in generale. Non ne sono sicuro perché non lo conosco da abbastanza tempo per notare la differenza. "Lo chiamo."

"Ooookay," dico perché può chiamare King quanto vuole. Hanno chiaramente una storia o qualcosa del genere. «Devo chiamare Nora. Posso chiamarla prima?" Si avvicina alla cucina e mi mette sul bancone. Lui però non fa un passo indietro. Prende il telefono e me lo porge.

"Chi è Nora?"

«Sei un po' ficcanaso» faccio notare. Se Nora fosse qui direbbe qualcosa sulle case di vetro, ma non è così, quindi posso farla franca.

"Non sono ficcanaso." Le sue sopracciglia si corrugano mentre ci pensa. Probabilmente si sta rendendo conto di essere un po' ficcanaso. Almeno quando si tratta di me. "Il tuo gatto sta facendo il prepotente al mio cane."

Sbuffo perché la sua difesa è debole. "Carino, vero?" dico mentre inizio a chiamare Nora per farle sapere che non andrò al King's. Almeno per stasera. È allora che mi ricordo di non conoscere subito il suo numero. Dovrò prenderlo dal cellulare. Ho altri progetti di cui occuparmi.

Chi ha detto che la vendetta è meglio servita fredda? Penso che sia meglio servirlo con Conn sopra di me.

# Capitolo 7

Conn

Controllo l'ID del chiamante sul telefono e confermo il mio primo sospetto. È stato il re a chiamare per sapere dove fosse la sua pecora smarrita. Risponde al telefono al primo squillo. "Perché avere un telefono se non hai intenzione di rispondere?"

"È arrivato con la casa."

Il silenzio mi accoglie e poi, un lungo, stanco accento strascicato. "Certo che è stato così."

"Hai chiamato per parlare di interni domestici o qualcos'altro?"

"Cosa ne pensi?" Non c'è bisogno di rispondere, quindi non lo faccio, il che porta King a rilasciare un sospiro esasperato. "Ho sentito che sei andato in città oggi. Aspettavo un ospite ma la persona non è arrivata. Quando sono andato a cercare la persona, le tracce sono arrivate lungo il tuo vialetto. Piuttosto che irrompere nella tua proprietà e trovarmi con un fucile in faccia, ho pensato di chiamare prima.

"Lei è qui." Faith ha preso il telefono per chiamare la sua amica ma è stata distratta dagli animali. È accovacciata accanto a loro, stringendo Smittens al petto e accarezzando Bear dietro le orecchie.

"Grande. Manderò qualcuno."

"NO." Questa volta ricevo il trattamento del silenzio. "Sta bene qui", spiego ma non basta. King vuole di più.

"Il fatto è che non sei proprio tu a decidere se sta bene."

"Nemmeno tu lo sei."

"Grande. Entrambi abbiamo stabilito l'indipendenza di Faith, quindi manderò una macchina e tu la lascerai andare.

Quando provi a portargli via il giocattolo, lui si accuccia, mostra i denti ed emette un ringhio che potrebbe spaventare un vero grizzly. Lo stesso rumore possessivo rimbomba attraverso il mio corpo. "Diavolo, lo farò", abbaio e riattacco il telefono.

"Chi era quello?" chiede Faith, inclinando la sua bella testa di lato.

Soffoco la mia rabbia e la mia gelosia dove lei non può vederle e mi avvicino al frigorifero. "Re. È contento che tu stia bene." Tiro fuori due bistecche e le sbatto sul bancone. "Mangi carne o mangi verdure?"

"La carne è buona." Si alza in piedi. "Cosa stai facendo?"

"Bistecca. Patate. Ho preso una torta dal panificio."

"Mmm. Suono delizioso. Fammi prendere la borsa."

Le afferro il polso prima che possa scappare via. "Per che cosa?"

"Per il cibo, ovviamente."

La guardo accigliato. "Che dici?"

"Ti prenderò dei soldi per la cena", dice, trascinando le sillabe. «A casa King funziona così. Paghi il tuo vitto e alloggio in denaro o in lavoro. Deve scorgere la mia espressione tonante perché agita la mano davanti al mio viso. "Non quel tipo di lavoro, ma come il giardinaggio, la cucina e cose del genere."

Solo leggermente calmato, torno alla bistecca. Scarto la carne e inizio a salarla. "Sembra che King abbia qualche truffa in corso laggiù." Ci sono ragazze carine in continuazione e fanno i lavori domestici per lui? Dormire nei suoi letti? La fede non andrà mai laggiù. Sbatto la pepiera sul bancone così forte che Faith sussulta, Bear abbaia e Smittens urla infelice. Mi fissano tutti come se fossi matto. Lascio andare la pepiera ma poi devo lanciarmi di nuovo verso di essa quando i grani di pepe iniziano a cadere dal lato rotto.

"Penso che chiamerò Nora adesso", dice.

"Sì", dico.

Osserva la pepiera danneggiata e scuote leggermente la testa prima di dirigersi verso il caminetto. I due animali mi fissano delusi.

«Nessuno di voi due vuole che vada al King's» brontolo. I due continuano a guardarmi mentre accendo il fornello a gas. Mentre la padella si scalda, infilzo un paio di patate con la forchetta.

"Sì, sto bene. No. Non sono mai andato al King's. Dovevo fare pipì così tanto e avevo paura che se fossi uscito fuori, si sarebbe congelata. Ricorda che una volta abbiamo letto qualcosa a riguardo.

La voce di Faith si diffonde come se fosse in piedi accanto a me. Alzo lo sguardo, aspettandomi di vederla dall'altra parte dell'isola, ma è ancora piantata accanto al camino. Immagino che l'acustica in questa stanza sia davvero buona. Non lo saprei perché vivo da solo. La cosa giusta da fare sarebbe avvisarla.

"NO. Non andrò al King's. Ho trovato un altro posto. È un taglialegna. Oh, non so se fa questo per vivere, ma taglia la legna ed è corpulento e attraente. Penso che potrebbe sollevarmi con una mano."

Potrei avvertirla, ma non lo faccio.

"Lo sedurrò. È così attraente, Nora. So solo che è quello giusto per farmi scoppiare la ciliegina. Perché dovrei tenerlo ancora? Non è che mi sposerò. Il matrimonio è per gli sciocchi. Voglio divertirmi un po'. Sarà divertente. Ok, sì, ho sentito che fa male, ma è solo una volta e poi è fantastico. Deve essere perché altrimenti qualcuno dovrebbe stare con qualcuno se il sesso non è buono? Altrimenti perché Trish dovrebbe stare con la mia ex? Non è che sia interessante o anche molto attraente, quindi deve piacerle quello che sa fare a letto, giusto?"

Okay, basta ascoltare. Mi schiarisco la gola. "La cena è pronta", sbuffo.

"Solo un minuto! Devo andare, Nora. Ti manderò un messaggio più tardi." Faith mette in tasca il telefono e si precipita da lei. "Scusa. Volevo aiutarti.

"Ho capito." Impiatto la carne e la porto in tavola. Lei sorride graziosamente. Fa parte della seduzione? Se è così, funziona. Sono pronto a buttarla sul tavolo. I piatti mi sembrano pesanti tra le mani. Stringo forte i bordi. È difficile credere che una ragazza così carina voglia fare sesso con me. Una parte di me sembra di averlo sognato, ma l'ho sentita. Lo ha menzionato più volte. Dovrei semplicemente chiederglielo apertamente. Se lei mi rifiuta, così sia. Non andrà ancora al King's. "Quindi... Fede..."

Sbatte le palpebre come un'innocente. "SÌ?"

Non vedo l'ora di divorarla. «Riguardo al sesso. Lo vuoi davvero, eh?"

Arrossisce, ma i suoi occhi non si staccano dai miei. "Sì. Io faccio."

Getto i piatti sul tavolo. "Sedersi. Mangiare."

Una piega rovina la sua fronte perfetta. "Ma... il sesso."

"Prima la cena. Al secondo posto c'è il sesso di vendetta." Lei lo vuole e chi sono io per dirle di no?

# Capitolo 8

Fede

Gemo mentre addento la bistecca. Conn lo sega così forte che penso che taglierà la lamiera. "Non hai bisogno di un coltello, è così tenero", gli dico. Si scioglie in bocca come il burro. Sembra che non gli importi perché continua a segare il suo pezzo di carne. "Non me ne andrò mai se mi nutri in questo modo." Do un altro gigantesco morso alla mia bistecca. So già che sto mangiando troppo e che mi farà male lo stomaco, ma non posso trattenermi. Era da molto tempo che non mangiavo un buon pasto come questo e ho intenzione di mangiarne ogni boccone.

"Dovresti mangiare di più." Taglia un pezzo della sua bistecca e lo lascia cadere sul mio piatto. Non sono ancora nemmeno a metà del mio.

"Mangio abbastanza." Do un altro morso alla bistecca che mi ha lasciato cadere nel piatto. Di sicuro non lo restituirò. Sarò avaro per una volta. Non potrò mai essere così. L'ho imparato crescendo con i fratellastri. Finivo sempre in fondo alla fila quando si trattava di ottenere qualcosa. Quindi oggi lo vivrò alla grande. Mangerò tutta questa bistecca e poi spero di dare un morso a Conn dopo. Mi lecco le labbra pensando di morderlo davvero. Perché sembra così attraente? Penso di aver letto troppi romanzi sui vampiri o qualcosa del genere. Voglio dire, non lo morderei davvero, gli darei solo un piccolo morso. Tanto da lasciare un piccolo segno in lui.

"Non sembra." Si sporge un po' per potermi guardare meglio. Sono appollaiato su una sedia mentre cerco di finire la cena.

"Pensavo che ti fosse piaciuto quello che hai visto." I miei occhi cercano di spostarsi verso l'erezione che sta cercando di nascondere. È sotto il tavolo, quindi non posso vedere meglio. Probabilmente è meglio così perché ogni volta che lo sbircio, comincio a preoccuparmi di come si adatterà dentro di me. Spero che Conn me lo dimostrerà molto presto. Anche se è un po' spaventoso, dovrebbe funzionare. Penso. "Pensi che io sia piccolo perché sono basso. Dovresti vedere la mia sorellastra Trish. Adesso è piccola. Non credo di riuscire a far entrare una gamba nei suoi pantaloni." Continuo a dilungarmi su questo o quello finché Conn non si alza dal tavolo.

"Ti mostrerò quanto mi piace quello che vedo." Lui sta in piedi. "Dovremo saltare il dessert. Ho bisogno di un pezzo di te adesso. Deve vedere la mia faccia cadere perché si ferma sui suoi passi. Sta cercando di mantenere la calma, ma ora respira un po' più velocemente. È difficile credere quanto mi vuole. Con il mio ex faceva così caldo e freddo. Immagino che anche Conn sia caldo e freddo, ma soprattutto con la sua scontrosità. Non tanto con la sua voglia di farlo.

"A meno che non sia quello che vuoi."

Mi lecco le labbra, desiderando ciò che mi offre ma desiderando anche la torta che ha promesso. Perché non posso averli entrambi? Abbiamo tutta la notte. Lo guardo. L'uomo è enorme. Forse dovrei essere un po' più preoccupato di come potremo stare insieme. Rispetto a lui sono piccolo.

"Mi avevi promesso una torta."

Conn viene verso di me. Quando si avvicina a me, si china in modo che il suo viso sia a pochi centimetri dal mio. Comincia a dire qualcosa ma si ferma subito. Si avvicina al punto in cui Bear e Smittens sono rannicchiati e mette le mani sulle orecchie di Smittens.

"Mi hai offerto un pezzo della tua torta ore fa e ho intenzione di banchettarne fino a quando non mi avrai la crema in bocca. Poi ho intenzione di scoparti finché non urlerai il mio nome ancora e ancora. Smittens fa le fusa sotto le sue mani enormi. Resto lì scioccato per un momento. Il nervosismo che si era formato dentro di me si scioglie. Ripensandoci, posso mangiare la torta più tardi.

"Va bene", sono d'accordo ma non mi muovo. Non sono sicuro di cosa fare dopo per offrirgli la mia torta? Avrei dovuto chiederlo a Nora.

Non c'è tempo per rifletterci prima che Conn si muova e mi sollevi dalla sedia per portarmi lungo il corridoio. Mi lancia su un letto enorme.

"Questa cosa è gigantesca." Mi dimeno e inizio a sedermi. È anche comodo. Non vado molto lontano nell'esplorare il letto o qualsiasi altra cosa perché Conn si tira la maglietta sopra la testa, rivelando il suo petto massiccio. Mi viene l'acquolina in bocca alla vista. Sì, anche lui è un taglialegna. È un uomo solido con muscoli che non credo di aver mai visto prima.

"Oh." Non riesco a smettere di fissarlo. I miei occhi risalgono il suo petto per incontrare i suoi occhi. "Non sto così bene nudo. Lo dico e basta." Non penso che abbia un grammo di grasso corporeo. L'angolo della sua bocca si solleva in un piccolo sorriso.

«Ne dubito fortemente.» I suoi occhi vagano su di me. "Se ti piace quel maglione allora è meglio che te lo togli."

"Adoro questo maglione." Velocemente, me lo infilo dalla testa, gettandolo via. Sarebbe caldo se me lo strappasse dal corpo e tutto o qualunque cosa avesse intenzione di fare, ma non è un maglione normale. È il mio maglione natalizio preferito.

Lancio un piccolo strillo prima di ricadere sul letto mentre lui mi tira giù i pantaloni dalle gambe, gettandoli sopra le sue spalle. Lo guardo di nuovo. È già tra le mie gambe. Li tiene sulle spalle e si lecca le labbra come se stesse morendo di fame.

"Sta succedendo questo." Lo guardo con gli occhi spalancati. "Reggiseno, angelo. Togli il reggiseno."

Annuisco, facendo come mi dice. Il suo respiro caldo soffia contro di me mentre posa un dolce bacio sull'interno di ciascuna delle mie cosce. Mi rilasso per la dolcezza dell'atto. Le sue dita affondano nelle mie cosce mentre allarga le mie gambe per fare più spazio per sé mentre fissa tra le mie gambe.

"Non sapevo che sarebbe successo. Avrei dovuto radermi o non lo so. Cosa fanno normalmente le persone? Andare tutto nudo e radersi tutto? Forse avrei dovuto avere una di quelle piste di atterraggio." La sua bocca si abbassa su di me. Perdo tutti i pensieri del mio divagare mentre la mia testa ricade sul letto.

"Perfetto così com'è", dice contro di me. La sua lingua circonda il mio clitoride. I miei fianchi provano ad alzarsi dal letto ma le sue mani mi stringono più forte le cosce mentre me lo lascia fare ma controlla la mia azione. Mi guida verso la sua bocca mentre ci succhia il clitoride. Tutto il mio corpo vibra mentre mi dà il più grande piacere che abbia mai provato.

"Ho intenzione di... di... di..." Non riesco a trovare le parole. Sono così vicino. I miei occhi si chiudono forte.

"Vieni, angelo", risponde per me. Io faccio. Grido il suo nome mentre l'orgasmo mi prende. Tutto il mio corpo cerca di alzarsi dal letto. Una sensazione che non avevo mai provato prima mi attraversa. È tutto troppo da sopportare. Tengo gli occhi chiusi ermeticamente mentre cerco di riprendere fiato. Così tanti sentimenti cercano di sfuggirmi. Non so cosa fare con tutti loro. Non so nemmeno da dove vengano.

Ancora una volta, Conn mi bacia ciascuna coscia prima che lo senta muoversi. Mi solleva, spostandomi al centro del letto. La mia testa si appoggia su un cuscino mentre lui mi bacia dolcemente il collo. Feci un piccolo sospiro. Il mio corpo trema ancora. Voglio di più ma il sonno mi prende. Salterò il dessert ogni volta per questo.

# Capitolo 9

Conn

La cosa perfetta sarebbe che i nostri corpi fossero avvolti sotto il mio piumino, i nostri piedi schiacciati sotto il peso di Bear and Smittens, mentre aspetto che la mia ragazza si svegli completamente e posso fare a modo mio con lei prima che possa svenire ancora io. Ma qualcuno fuori ha un'opinione diversa. Un martellamento incessante echeggia nel corridoio.

"Hai dimenticato di pagare una fattura?" Il bel naso di Faith si raggrinzisce. "Perché sembra un esattore di banconote."

Tiro fuori le gambe da sotto un Orso scontento e rotolo fuori dal letto. Su una sedia vicina ci sono un paio di pantaloni della tuta che prendo con una mano. "È King", dico mentre mi vesto. Dopo che è svenuta mi sono tolto i vestiti e sono strisciato nel letto con lei. Non l'avrei svegliata per potermi bagnare il cazzo. Per quanto lo desiderassi. Era stanca e aveva bisogno di riposare. Potevo aspettare. Il suo sapore in bocca era sufficiente a trattenermi per il momento.

Si siede, stringendo la trapunta al suo bellissimo petto. "Per che cosa? Gli devi dei soldi? Perché posso farcela." Flette un muscolo bicipite inesistente. "Sono molto pratico."

"No e no." Non si avvicinerà a King.

Mi infilo una maglietta dalla testa e schiocco le dita in direzione di Bear. "Venire." A Faith dico: "Resta qui".

Bear salta immediatamente giù dal letto. Sfortunatamente, anche Fede lo fa. "No, se è King, dovrei essere lì perché mi aspettava." Si guarda intorno. "Dove sono i miei vestiti?"

Vorrei averli bruciati perché altrimenti sarebbe dovuta rimanere in camera da letto sotto la trapunta. Anche se, mentre dondola per la stanza avvolta nella coperta, mi colpisce la possibilità molto concreta che lei esca in soggiorno vestita solo della coperta, con i suoi capelli dall'aspetto appena scopato e le sue labbra completamente baciate Schermo.

Dovrebbe essere accettabile rinchiudere la tua donna in una stanza nella torre. Non che io abbia una stanza nella torre, ma potrei costruirne una. Il fatto di doverla condividere con il resto del mondo mi sembra sbagliato. Vivo nei boschi lontano dal resto della civiltà per un motivo ed è perché non mi piacciono le persone. Anche la fede non dovrebbe piacere alle persone. Dovremmo piacerle solo io, Bear e Smittens. Siamo gli unici di cui ha bisogno. Non ho riflettuto molto su cosa signifchi, ma sento che è vero.

Nel momento in cui King la vedrà, la vorrà. So che ha quell'effetto sulle persone. In effetti, tenendola per me probabilmente sto facendo un favore al resto del mondo.

"Dovresti restare qui. Potrebbe essere pericoloso là fuori", avverto.

I suoi occhi si spalancano. "Veramente? Allora non penso nemmeno che dovresti andare là fuori da solo. Hai una mazza da baseball da queste parti? Non posso credere che King sia pericoloso. Avrei dovuto saperlo, però, perché quale bravo ragazzo ti offre vitto e alloggio gratis in cambio di qualche biscotto? mormora sottovoce mentre cerca un'arma nella stanza. Intanto il martellamento continua.

Prendo alcuni vestiti dalla parte superiore del comò e li lancio sul letto. "Se stai uscendo, allora vestiti. E dimentica la mazza. King è pericoloso ma non in questa situazione".

Me ne vado prima che lei faccia cadere la coperta perché so che se la vedo nuda, l'uomo davanti alla mia porta cercherà di sfondarla con un pugno. Potrebbe riuscirci anche lui. L'orso mi picchia all'ingresso e inizia ad abbaiare. Tra i colpi e gli ululati, qui sembra un vero e proprio circo. Apro la porta di scatto.

"Ci hai messo abbastanza tempo", si acciglia il mio vicino. Mi spinge da parte e trascina con sé una donna. Si assomigliano un po'.

"Chi è?" Fisso lo sconosciuto.

"Io sono la poliziotta", dice la donna con un sorrisetto.

"Non è una poliziotta", la interrompe King.

"Giusto. Faccio finta di esserlo."

Lo sguardo va dalla donna al re e ritorno. "Vieni di nuovo."

Lei sospira, un sospiro profondo e pesante. "Possiamo saltare le presentazioni e passare al sodo? È passata l'ora di andare a dormire. Dovrei dormire adesso e invece sono dovuta stare fuori per dieci ore mentre questa testardaggine cercava di buttare giù la tua porta. Gli ho detto che non stava succedendo e che avrebbe dovuto chiamarti, ma ha detto che lo avresti ignorato."

"Vorrei."

La donna alza gli occhi al cielo. "Uomini. Dio, e ti chiedi perché scappiamo tutti da te. Guarda, hai una ragazza qui o no?"

"È meglio di no", dice Faith. "Sono l'unica donna in questa casa. Beh, tranne Smittens.

Ci giriamo e vediamo la mia donna che si stringe alla vita i miei pantaloni della tuta troppo grandi. Il gattino è seduto ai piedi di Faith e lecca una zampa. La felpa che mi sta benissimo le sta cadendo dalla spalla. L'orso ringhia e lo faccio anch'io. La donna davanti a me alza la mano davanti agli occhi di King. "Voltati", ordina.

Con mia grande sorpresa, fa quello che dice. La donna si precipita da Faith. "Non credevo davvero che fossi qui. Stai bene?" Tira su la felpa in modo da coprire la spalla nuda di Faith. "Sono qui per tirarti fuori di qui. King ha un pick-up e un fucile. Nessun taglialegna potrà trattenerti qui." La donna mi lancia uno sguardo rabbioso che fa piagnucolare Orso.

La fede si sottrae alla presa della donna. "Non vado da nessuna parte. Voglio dire, se devo qualcosa a King per avermi riservato una stanza, ovviamente lo pagherò. Non nel cibo, però, perché non so cucinare ma potrei venire..."

"NO." La parola mi esce fuori, facendo voltare King. Orso inizia ad abbaiare come una tempesta al mio sfogo.

"Resterò comunque. Non puoi costringermi ad andarmene." La fede scivola al mio fianco.

Smittens salta sulla schiena di Bear e sibila a King.

"Penso che tu sia in inferiorità numerica", gli dico.

Emette un sospiro esasperato. "Sono qui per assicurarmi che tu stia bene", dice a Faith. "Se avessi risposto al telefono, non avrei dovuto interromperti."

"Ero impegnata", dice Faith con le guance rosa.

Sappiamo tutti cosa era impegnata a fare. Tutti noi tranne la donna che King ha portato con sé, le cui sopracciglia si incrociano. Più li guardo, più penso che potrebbero essere imparentati. "Facendo cosa?"

"Penso che dovremmo andare", dice King, allungando una mano per allontanare la donna prendendola per il gomito.

"Perché? Mi hai trascinato giù dal letto perché hai detto che avevi bisogno che una donna venisse con te per assicurarti che un'altra ragazza fosse al sicuro. Non hai ancora determinato se è al sicuro. Sei al sicuro?" chiede a Fede.

"Sì."

"Andiamo", ripete King e tira di nuovo. "Mi scuso per l'interruzione. Forse la prossima volta non riattaccare. Il numero di ospiti indesiderati alla tua porta diminuirà".

«Me lo ricorderò.»

"Ma non risponderai al telefono, vero?"

"Lo farò, però", cinguetta Faith.

"Se hai bisogno di me, chiama", grida la donna mentre King la porta via. "Posso venire a prenderti."

"Con quali ruote?" Il re brontola.

"Il tuo, ovviamente."

La porta si chiude sbattendo e Orso finalmente smette di abbaiare. La fede si rivolge a me con occhi luminosi. "Lei mi piace. Posso sicuramente vedere che saremo amici. Visto che siamo svegli, che ne dici del secondo round?"

# Capitolo 10

Fede

Conn si lecca le labbra. So di essere svenuto per lui, ma abbiamo tutto il tempo del mondo. Non sembra essere troppo occupato. Immagino che, essendo un taglialegna, puoi prenderlo quando vuoi. Anche se non ha ancora confermato quello che fa. Ha delle cose fantasiose da queste parti. Non pensavo che il tagliaboschi pagasse così bene, ma cosa ne so io di tagliare la legna? Questa cosa della vita all'aria aperta non fa proprio per me, ma dopo aver visto Conn, forse dovrò approfondirla di più. Forse mi porterà in glamping. Sarebbe molto divertente. Probabilmente dovremo aspettare un clima più caldo. Anche se vista la taglia di Conn, sono abbastanza sicuro che non avrebbe problemi a tenermi al caldo.

Il mio corpo si riscalda pensando a come aveva guardato mangiandomi ancora e ancora. Come le sue spalle larghe mi avevano spalancato le gambe per fargli spazio. Dal momento in cui mi sono svegliato, l'unica cosa a cui potevo pensare era come si sarebbe sentito il suo corpo sopra il mio mentre si sistemava su di me e mi prendeva. Se con il legno è bravo la metà di quanto lo è con la lingua, allora mi aspetta una sorpresa. Spero che questa volta non svengo. I colpi mi circondano le gambe, emettendo un piccolo miagolio e so che ha fame. Respingo i miei pensieri pieni di lussuria nel dimenticatoio.

"Lascia che le dia da mangiare e avremo il secondo round." Alzo le sopracciglia. "Forse possiamo arrivare fino in fondo questa volta." La mia ciliegia è ancora intatta. Dobbiamo anche fare delle foto e mangiare quella torta che ha promesso. Gli ho dato la mia torta e ora tocca a lui. Conn si schiarisce la voce, facendomi uscire da tutti i miei pensieri sparsi. Quando alzo lo sguardo, si lecca quelle labbra che mi hanno dato tanto piacere e in quel momento decido di dimenticare di nuovo la torta. Chi diavolo ha bisogno della torta quando Conn ha un sapore molto migliore? Mi guardo intorno per vedere dov'è la borsa in cui ho messo il cibo di Smittens.

"Oh Dio." Mi metto le mani sul viso. "Sono così imbarazzato."

"Perché?" Conn abbaia. Separo due dita così posso guardarlo con un occhio. Sta facendo di nuovo quella cosa con le braccia incrociate sul petto. «King sa che rimarrai qui. Sono abbastanza sicuro che sappia che ti sto scopando." Lascio cadere la mano dal viso.

"Non devi chiamarlo" - stringo le labbra - "cazzo", dico alla fine.

"Non ti ho scopato", sottolinea.

"Smettila di chiamarlo così!" quasi grido.

"Smettila di vergognarti che la gente pensi che abbiamo dormito insieme." Stringe la mascella così forte che temo che possa scheggiarsi un dente o qualcosa del genere.

"Non è per questo che mi sento in imbarazzo, brutto idiota scontroso." Mi avvicino a una delle mie borse che aveva lasciato cadere quando aveva portato dentro tutte le mie cose. "Ho già detto che stiamo realizzando foto carine da pubblicare in modo che il mio ex riceva il messaggio. Penso che questo implichi che andiamo a letto insieme. Apro la borsa che pesa più di me e comincio a tirare fuori la roba.

"Allora qual è il problema?" Lascia cadere le braccia sul petto. "Odio quando parli del tuo ex." Le sue mani si chiudono a pugno.

"A parte il fatto che dici che vuoi solo scoparmi." Mi alzo, girandomi a guardarlo mettendo le mani sui fianchi. Bear si lascia cadere accanto a me, chiaramente dalla mia parte. Smittens sta cercando di attaccare la coda ondeggiante di Bear, ignorandoci tutti. Non so perché ma non mi piace che lo chiami così. Immagino che potrebbe essere caldo se avessimo una relazione o qualcosa del genere, ma in questo momento con la mia verginità ancora intatta, mi sembra sbagliato.

"Non voglio solo scoparti." I suoi occhi vagano su di me. Lo so, sembro ancora un disastro. Ho guardato così da quando sono atterrato nel suo vialetto. Eppure, ogni volta che Conn mi guarda mi fa sentire come una ragazza pinup super sexy o qualcosa del genere. "Voglio possederti. Perché tu non voglia mai nessun altro oltre a me.

"Non so nemmeno se sia legale." Alzo le spalle. Non sono così sicuro che sarei contrario al fatto che mi possieda.

"Sì, non sono sicuro che mi interessi che sia legale."

"Vuoi trattenermi? Tipo per sempre?" Cerco di chiarire, avendo bisogno di sapere che lo sto capendo bene. Questo dovrebbe mandarmi a correre, ma non è così. Dovrebbe anche farmi arrabbiare più dei fottuti commenti, ma non è così. No, ha l'effetto opposto. Illumina qualcosa di più profondo dentro di me, facendomi capire che lo voglio anch'io. Il che è pazzesco, perché non conosco quest'uomo. Beh, so alcune cose. Uno è che è bello. In realtà, è davvero bello, soprattutto quando è scontroso. Sa cucinare una bistecca mediocre e ha una bocca che potrebbe facilmente tenermi nel suo letto per sempre.

"Perché non mi dici perché sei imbarazzato?"

«Cambierò argomento, vedo.»

"L'hai fatto tu per primo." Touché. L'angolo della sua bocca si apre in un piccolo sorriso. Adoro davvero quella sua bocca.

"Sono imbarazzato perché avevamo ospiti e abbiamo guardato questo posto." Indico tutte le mie cose sparse ovunque e poi il resto della sua casa, che è immacolata. "Non è uscita nessuna delle cose di Natale. Scommetto che pensano che odiamo il Natale. Chi odia il Natale?"

"Me."

"Conn, riprendilo subito", chiedo. Getta indietro la testa e ride a crepapelle. Non posso fare a meno di sorridere perché è più che bello quando ride.

"Mi piace il tuo maglione natalizio illuminato."

"C'è altro da dove viene." Mi giro, tornando alle mie borse. Avevo programmato di decorare il posto in cui King mi avrebbe lasciato stare, ma ora penso che lo farò qui. Conn ha già portato tutte le mie cose. Penso che sia un invito sufficiente.

"Hai intenzione di aiutarmi?" Lo guardo. I suoi occhi sono sul mio culo.

"Qualunque cosa ti faccia tornare nel mio letto più velocemente." Si avvicina a me. "Se questo significa pubblicare le tue cose, allora va bene." La sua mano mi massaggia il sedere. Lo scaccio perché non ci saranno affari divertenti finché non avremo finito.

"Non finiremo mai se fai cose del genere."

"Non sono sicuro di poter aiutare me stesso."

Mi alzo, voltandomi verso di lui. Mi appoggio a lui, inclinando la testa all'indietro. Mi viene incontro a metà strada, dandomi un bacio che mi lascia senza fiato.

"Penso che dovrei occuparmene io mentre tu vai a usare le tue abilità da taglialegna per procurarci un albero di Natale", suggerisco. Non riuscirò a fare nulla se lui mi guarda così com'è e si struscia su di me.

"Lo sai che non sono un taglialegna?"

"Lo sai che non ti darò la mia verginità finché non avrò il mio albero." Alzo il mento in segno di sfida.

"Non solo dopo la tua verginità." Mi bacia di nuovo. "Ma andrò a prendere il tuo albero." Si dirige verso la porta, infilandosi gli stivali e poi il cappotto. "Attento alle mie ragazze, Orso", dice al cane. L'orso abbaia, facendogli sapere che è al lavoro. "Prenderò l'albero perché so che ti renderà felice", dice prima di uscire dalla porta principale. Sorrido, pensando di essere già lì.

# **Capitolo 11**

Conn

Fa troppo freddo per stare fuori a lungo. È un bene che viva in una foresta. Trovo l'albero perfetto a circa venti piedi dalla linea degli alberi. I pini hanno tronchi piccoli e in un batter d'occhio l'estremità tagliata viene afferrata sopra la mia spalla e torno a casa.

"Ho l'albero", annuncio. Bear urla un paio di volte per enfatizzare.

Faith arriva correndo lungo il corridoio, con le ciocche dei suoi capelli sollevate. Agitata dal mio aspetto, si dà una pacca sulla testa e chiede: "Di già?"

Metto l'albero dentro la porta e mi tolgo gli stivali. "Trovato qualche cadavere?"

"Nooo, ne hai?" I suoi occhi guizzano verso gli angoli del grande soggiorno. Rimisi l'albero sulla spalla.

"No. Mi sono sbarazzato dell'ultimo un paio di giorni prima del tuo arrivo. Stava cominciando a puzzare.»

La fede mi corre dietro. «Per cosa l'hai ucciso? Parlare durante la cena? Bruciare i tuoi pancake? Toccando la tua ascia? L'ultimo sembra decisamente un reato omicida. Scommetto che la tua ascia si adatta perfettamente a te perché l'hai maneggiata per così tanto tempo. "

Lascio cadere l'albero al centro della stanza così posso scrutarla in viso. Non sa quanto dannatamente sexy possa sembrare? "Vuoi decorare un albero o vuoi scopare?"

Il suo naso fa di nuovo le rughe. "Pensavo fossimo d'accordo che non avresti usato la parola che inizia con la f."

Esito e provo a pensare a una parola diversa. "Vuoi decorare l'albero o vuoi che io ti possieda?"

La sua lingua scatta di nuovo fuori, bagnandosi la parte inferiore del labbro. Ah, fanculo a me, lo vuole. So che lo fa, ma per qualche motivo non è pronta, quindi l'albero lo è.

"Dove vuoi l'albero?"

"Forse a sinistra del caminetto, così possiamo sederci accanto al fuoco e guardare il tuo terrazzo." Indica l'angolo.

Lo tiro lì e lo appoggio al muro. "Aspetta qui", le dico. Fuori nel garage prendo della corda, qualche sacco della spazzatura e un sacco pieno di sabbia.

Mi guarda con grande curiosità. "È roba da uomo morto?"

Con tutto questo sparso sul pavimento, posso capire perché ha dei sospetti. "No. Uso l'acido per sbarazzarmi dei cadaveri. Più efficace in questo modo. La sabbia serve per la trazione sulla neve e le corde qui fuori non sono mai abbastanza. Inarco un sopracciglio verso i suoi polsi. "Sono utili in molte situazioni."

Mette le mani dietro la schiena. "Ho la pelle molto delicata."

Questa volta sono io che mi lecco le labbra. "Lo so", dico con un sorrisetto.

"Bene", dice e si dà da fare con le provviste che ho portato. "A cosa serve se non allo smaltimento del corpo?"

"Non ho un supporto per l'albero di Natale, anche se sospetto che tu l'abbia capito cercando degli ornamenti e cose del genere, quindi metterò la sabbia in quattro sacchi e sosterremo l'albero in quel modo."

"Perché non hai ornamenti? Ho guardato ovunque, anche sotto il tuo letto, ma lì hai solo un fucile che avresti dovuto prendere quando stavi affrontando King.

"Perché?" le chiedo mentre verso la sabbia nei sacchetti che lei tiene aperti. "Vuoi che gli spari o qualcosa del genere?"

"No, ma se non fosse il re ma un vero orso?"

"Non credo che busserebbe alla porta." Lego le borse e le attacco alla corda.

"Potrebbe essere in cerca di cibo e sembrare come se stesse bussando."

"Questo è vero. Riesci a tenere l'albero vicino alla cima? Devo avvolgere la corda attorno alla base. Non farti male", avverto.

"Penso che tu abbia bisogno di un maglione speciale", dice mentre striscio sotto i rami della base. "Aiuterebbe ad aumentare il tuo spirito natalizio."

"Guardarti mi solleva davvero il morale", le dico. Faccio girare la corda attorno alla base alcune volte e poi tiro i supporti improvvisati finché l'albero non diventa stabile. Dò un ultimo strattone alla base prima di alzarmi in piedi. "Lascia andare, ma lentamente."

Tengo la mano tesa nel caso in cui non funzioni, ma per fortuna sta in piedi: non è necessaria una base commerciale costosa.

"Posso usare questo?" chiede, sollevando una coperta scozzese gettata sullo schienale del divano.

"Sicuro." Si inginocchia e lo posiziona attorno alla base dell'albero, coprendo il brutto aggeggio. Si alza, si spolvera le ginocchia e ritorna al mio fianco. L'albero è abbastanza grande da riempire lo spazio ma non così grande da travolgere la stanza. L'odore degli aghi di pino e della legna carbonizzata nel camino ci riempie i polmoni.

L'albero sembra buono. Dannatamente bene, penso tra me. Mi chiedo perché non ho messo un albero prima. Un corpo morbido si rannicchia contro di me e mi dà la risposta. Perché non avevo Fede. Si lascia tenere per circa due secondi prima di liberarsi.

"Andiamo a preparare dei popcorn", canta, trascinandomi verso la cucina.

"Per che cosa?"

"Per gli ornamenti!"

Quattro sacchetti di popcorn per microonde più tardi, Faith mi fa sedere sul divano a infilare i popcorn su un filo. "Sei piuttosto abile con l'ago", osserva, scattando un'altra foto. Cerco di non accigliarmi.

"Sei sicuro di volermi mettere su Internet come prova che ti stai divertendo?"

"Non ne hai idea", dice con un tono strano, quasi intimorito. Lei salta e mi mette lo schermo del telefono davanti. "Guarda quanto sei fantastico. Sarei geloso di chiunque abbia pubblicato questa foto. È troppo perfetto per essere vero.

Scruto l'immagine. Bear sta riposando accanto a me, con la testa che pende dal bordo del cuscino. Smittens è rannicchiato attorno al collo del vecchio ragazzo. Quanto a me, sembra che stia facendo fatica a mettere un chicco di popcorn su una corda. È vero che è una foto veritiera, ma in qualche modo l'ha fatta sembrare bella, accogliente e invitante.

"Sì, immagino che sia carino. Come farà questo il tuo..." mi viene il bavaglio alla parola... "ex geloso?"

"Solo io che atterro in piedi, penso. Gli ex vogliono sempre che tu sia infelice.

"Vuoi che il tuo ex sia infelice?"

Smette di picchiettare e inclina la testa di lato. "NO. Immagino di no.

"Significa che allora potremo scopare?"

# **Capitolo 12**

Fede

"Bene." Mi giro, dirigendomi verso la camera da letto. Pubblico le foto sul mio Instagram mentre percorro il corridoio. Ho un momento di rammarico come me. Non sono sicuro di voler condividere il mio momento speciale con Conn. Poi ricordo di cosa si tratta veramente. Mi infilo il maglione gigante sopra la testa, lasciandolo cadere mentre procedo. «Niente torta per me» taglietto. "Scoperemo, come preferisci dire tu." Lascio cadere il reggiseno mentre entro nella sua camera da letto.

Non so perché sono così arrabbiato con lui perché lo chiama "fottuto". Ovviamente è quello che vuole fare. Ha fatto tutto quello che gli ho chiesto oggi. Dal prendere l'albero alla decorazione e persino a farmi scattare qualche foto, quindi immagino che sia il mio turno di ricambiare il favore. Alla fine, tutti gli uomini sono uguali quando si tratta di voler fare sesso.

Beh, tutti tranne il mio ex, che non ha mai voluto averlo. Questo finché la nostra relazione non finì e all'improvviso lui ebbe voglia di scopare. Davvero non dovrei arrabbiarmi con Conn. Praticamente sono stato io a chiedergli di prendersi la mia ciliegia. Pensavo solo che sarebbe stato un po' diverso. Volevo passare un po' di tempo a conoscerlo ma, come ho detto, non dovrei arrabbiarmi.

Questo era il piano fin dall'inizio, quindi tanto vale realizzarlo. L'ho usato per pubblicare foto stupide per far credere a tutti a casa che sono felice. Che non avevo bisogno che andassero in vacanza. Che avrei potuto averne uno da solo con qualcun altro. Ho sempre pianificato quello della nostra famiglia, ma a loro non è mai importato lo sforzo che ci ho messo. Non è che voglio turbarli, ma voglio che vedano per una volta che facevo parte della famiglia. Che forse gli mancherò ora che non ci sono. Non sono nemmeno sicuro del motivo per cui mi importa, ma lo faccio.

Una piccola scintilla di speranza si è accesa dentro di me quando Conn ha detto che avrebbe preso l'albero perché sapeva che mi avrebbe reso felice. Mi ha fatto pensare che a qualcuno finalmente importasse quello che provavo riguardo a qualcosa. Ma ora vedo che non è affatto così. Stava solo facendo finta di niente per ottenere ciò che voleva. Si tratta ancora di sesso. Ancora una volta, non dovrei arrabbiarmi perché voglio fare sesso con Conn, ma segretamente volevo che fosse di più. Il poco tempo che ho trascorso con Conn mi ha reso felice. Sono passate solo ore da quando ho incontrato il mio scontroso taglialegna, che continua a negare di essere persino un taglialegna, e mi sto affezionando. Sono fondamentalmente un attaccante della quinta fase a questo punto.

Poi mi abbasso i pantaloni, lasciandoli cadere a terra. Noto nella casa immacolata di Conn che mi sembra di fare un sacco di pasticci. Mi giro verso la porta ma lui non c'è.

"Stiamo scopando o cosa?" Io urlo. Perché non viene? Dal nulla sembra che un dannato orso si stia precipitando lungo il corridoio.

"Attento a come parli", dice mentre entra nella sua camera da letto. Sembra incazzato come sempre. Si ferma di colpo quando mi vede lì, completamente nudo. Non sono imbarazzato dal mio corpo, quindi metto la mano sul fianco perché sta per chiarirmi la mente. Rimango lì in tutta la mia nuda gloria mentre lui mi guarda accigliato e io faccio lo stesso con lui.

"Quindi puoi dire cazzo ma io no?" Alzo l'altra mano, appoggiandola sull'altro fianco. Cerca di essere un gentiluomo e di tenere gli occhi puntati sui miei, ma posso dire che gli occorre tutto il suo autocontrollo. In realtà penso di vedere un piccolo sorriso abbellire quelle sue labbra. Mi ha già visto nudo prima. Ero disteso sul suo letto mentre banchettava con me.

"Non parlarne come se non avesse alcun significato." Adesso è lui che si incazza per la parola cazzo. Non sono sicuro se il mio taglialegna stia andando o venendo. Non sono nemmeno sicuro che lo sappia. Perché non possiamo chiamarlo diversamente? Fare l'amore? Sento le mie guance avvampare ai miei stessi pensieri.

Si avvicina lentamente a me. Mi addolcisco un po' man mano che si avvicina. Si ferma davanti a me, sembra che mi stia inspirando. I miei capezzoli si stringono e non è per il freddo. La sua presenza mi fa bagnare tra le cosce. La sua mano si allunga per accarezzarmi il viso. "Vestirsi. Ho sentito che stasera ci sono film di Natale in TV.

Queste sono le ultime parole che mi aspettavo uscissero dalla bocca di questo grosso pezzo. Rimango scioccato per un minuto prima di abbassare le mani e saltargli addosso. Mi prende e mi avvolge tra le sue grandi braccia. Il mio corpo si modella al suo come se l'avessi fatto un milione di volte. Posso sentire la sua erezione attraverso i pantaloni ma non cerca di spingerla oltre. Mi bacia dolcemente la bocca prima che io scivoli giù per rimettermi in piedi. Mi mordo il labbro, vorrei guardare i film delle vacanze con lui e coccolarmi, ma ora che mi sono abbracciata a lui voglio tornare anch'io a letto con lui.

"Sarò là fuori ad aspettarti." Si avvicina al letto e afferra la coperta che c'è sopra, avvolgendola intorno alle mie spalle. Qualcosa passa tra noi che non riesco a spiegare prima che lui si giri per uscire dalla stanza.

"Conn," lo chiamo, facendolo voltare a guardarmi. "Hai una TV, vero?" Questa volta sorride, scuotendo la testa. "Mi metterò il pigiama di Natale e uscirò subito." Scommetto che posso trasformare la nostra visione del film in una di quelle sessioni di bacio bollente che so che le persone fanno sul divano. Questa vacanza si sta rivelando molto migliore di quanto avrei mai potuto sperare.

Potrei ottenerlo solo una volta, ma ne farò tesoro ogni secondo.

# Capitolo 13

Conn

I film di Natale non sono poi così male, decido, guardando il corpicino rannicchiato accanto a me. Faith non sembra molto diversa da Smittens al momento. La testa di Faith è sulle mie ginocchia e le sue gambe sono raccolte vicino al corpo. Il suo viso ha un'espressione pacifica e felice. Sono sollevato. Sembrava incazzata prima che la portassi fuori a guardare La vita è meravigliosa e Bianco Natale. Il primo l'ha fatta piangere, ma mi ha assicurato che erano lacrime di gioia, qualunque cosa fossero, ma il canto e la danza nel secondo film l'hanno fatta ridere. Mi ha guardato un paio di volte durante quello, ma mi sono rifiutato di incontrare il suo sguardo. Non sono mai stato aggraziato come gli uomini in televisione e se provassi a ballare, finirei per pestare i suoi piedi, i miei piedi, i piedi di Bear e forse anche quelli di Smittens. Alla fine, piangeremmo tutti e sarebbero lacrime tristi e rabbiose.

Abbiamo iniziato un terzo film su un elfo umano. È stato divertente ma a metà è svenuta. Potrebbe essere stato per il rum che continuavo a versare nel suo sidro o potrebbe essere stato solo per la lunga giornata. Mi alzo e sposto delicatamente Smittens di lato. Lei alza la testa, mi lancia un miagolio scontento e poi nasconde il naso sotto la coda.

Cerco di stare molto attento quando prendo in braccio Faith e, fortunatamente, lei non si sveglia. Trasportarla è meno faticoso che portare in giro il sacco di sabbia. Domani le preparerò dei pancakes conditi con fragole, panna montata e tanto burro. Secondo me dovrebbe pesare quanto due sacchi di sabbia.

La stendo sul grande materasso, la copro e mi preparo per andare a letto anch'io. Mentre mi lavo i denti, penso a tutta questa fottuta faccenda. Faith ha detto che voleva un po' di sesso per vendetta, ma quando è arrivato il momento, non era pronta. Mi lecco le labbra, ricordando il suo dolce sapore sulla mia lingua. Essere tra le sue gambe è stato il momento più bello della mia vita. Darei il mio dado sinistro per tornare lì. Aspetta... tiro fuori il pennello e sputo. Potrei ancora alzarmi se non avessi entrambi i dadi? Lasciami rivedere. Darei il mio braccio sinistro per tornare tra le sue gambe, leccarle la figa e bere il suo sperma. Ma lei vuole qualcosa di più. Quello che vuole è un mistero. Forse sono i pancake. Forse è un altro gattino. Forse sono più decorazioni natalizie.

Schiocco le dita. Questo è tutto. Adora il Natale. Lo odio perché non capisco perché ci entusiasmiamo durante una normale giornata invernale. Non è nemmeno quando è nato il bambino Gesù, quindi dovremmo tirare fuori un mucchio di decorazioni, preparare cibo speciale e tutte quelle cose di merda in un giorno che non ha nemmeno alcun significato. Sarebbe come festeggiare il compleanno di tua madre una settimana prima che accada effettivamente.

Logica a parte, però, questa è una vacanza che molte persone amano e, cosa più importante, è una vacanza che Faith ama. È un bene che stia dormendo perché ho del lavoro da fare. Non ho le luci di Natale, ma trovo un mucchio di lampadine. Ci vuole un po', ma sono in grado di montarli insieme. Li infilo sopra il camino. Sembra... crudo piuttosto che festoso. Li tiro giù e dipingo i bulbi con la vernice rimasta dal ritocco del tosaerba insieme alla vernice bianca del rivestimento interno della casa. Le lampadine verniciate hanno un aspetto molto migliore.

Cos'altro è natalizio? Faccio una piccola ricerca su internet. I risultati mi deprimono perché non ho ornamenti, né orpelli, né neve finta. Posso cucinare però. Preparo una serie di biscotti, stendo l'impasto con una bottiglia di birra e poi ritaglio forme di alberi e pupazzi di neve. Si cuociono bene e la glassa bianca non è terribile. Ne ho messi alcuni sull'albero e altri su un piatto perché Faith li mangi dopo aver finito con i pancake. Fuori trovo delle pigne e del vischio. Immagino che ci siano dei vantaggi nel vivere nei boschi. Io uso la vernice verde e bianca sulle pigne e mentre quelle verdi tendono a fondersi, quelle bianche sembrano decenti. Un sacchetto di marshmallow viene sacrificato per i pupazzi di neve con pezzetti di uvetta al posto degli occhi. Quelli sono probabilmente i miei lavori migliori. Con alcuni rami di pino in più, formo una ghirlanda e la appendo sotto il filo di lampadine dipinte.

Dopo che la casa - beh, il soggiorno - è stata decorata, prendo uno dei miei maglioni. È nero e non riesco a ricordare come sia finito nel mio armadio. Forse la vecchia Karen del negozio in città me l'ha venduto. Usando l'ultimo colore che ho rimasto, lo decoro con alberi, ornamenti, pupazzi di neve e lo lascio asciugare. Domani lo indosserò e Faith potrà scattare foto per il suo account Internet.

Un motore che sfreccia lungo la mia corsia attira la mia attenzione e quando guardo fuori dalla finestra, vedo che la notte è passata. Il sole si sta avvicinando alla sua posizione di metà mattinata. Bear arriva strascicando i piedi lungo il corridoio con Smittens a cavallo sulla sua schiena. Apro la porta d'ingresso e Bear rimbomba fuori. Un costoso SUV nero manca a malapena il mio cane prima di fermarsi a circa sei metri dalla mia porta di casa. La mia rabbia si rizza verso gli intrusi indesiderati. Questo non è King e la sua donna. Si tratta di un gruppo di persone diverso: un uomo dal viso tirato e una donna i cui capelli hanno così tanta lacca dentro che la brezza invernale non riesce a muoverli.

"Ciaooooo!" dice la donna. "Sono Trish!" Salisce le scale con la mano tesa. L'uomo lo segue a passo più lento.

"Hai perso?" chiedo, incrociando le braccia al petto.

Trish si ferma un passo sotto di me. L'irritazione le attraversa il viso quando vede che non le stringerò la mano. "Non credo", dice, forzando un sorriso. "Mi è stato detto che la mia cara sorella Faith si trovava qui. Sono venuto a riportarla a casa."

# Capitolo 14

Fede

Mi giro quando sento delle voci provenienti da qualche parte della casa. Il lato del letto di Conn è vuoto e freddo. Non ricordo di essermi spostato dal divano al letto ieri sera, il che significa che Conn deve avermi portato qui. Non ha dormito con me? Mi siedo cercando di ascoltare un po' meglio. La voce che sento è dolce e femminile. Posso quasi giurare che sembra Trish, ma non ha idea di dove mi trovo. Chi è questa donna? Una scintilla di gelosia mi brucia nello stomaco. Una sensazione a cui non sono abituato. Non ero nemmeno per niente geloso quando ho scoperto che il mio ex andava a letto con la mia sorellastra. Mi fa male solo perché ancora non riesco a credere che mi avrebbe fatto una cosa del genere.

In questo momento tutto quello che provo è pura gelosia. Conn non ha dormito nel letto con me la notte scorsa e ora c'è un'altra donna in casa. Getto le gambe oltre la sponda del letto, salto giù e decido di andare a vedere chi è questa donna. Non so cosa mi sia preso, ma mi tolgo il pigiama prima di frugare in un cassetto per trovare una delle sue magliette da infilarmi sopra la testa. Poi mi scompiglio un po' i capelli prima di trovare un paio dei suoi calzini e di infilarmeli ai piedi.

Vado in bagno, assicurandomi di sembrare come se avessi passato una notte selvaggia che non fosse solo piena di film di Natale e coccole con Conn. Pensavo che alla fine avremmo pomiciato o qualcosa del genere ma invece abbiamo passato l'intera notte rannicchiati insieme ai nostri cuccioli pelosi. Come è passato dal volermi scopare, come diceva lui, al non fare un solo movimento con me? Mi teneva solo stretto mentre guardavamo un film dopo l'altro. Spesso si alzava per prenderci degli spuntini prima di lasciarmi coccolare di nuovo al suo fianco dove mi avvolgeva con un braccio per tenermi stretto. Mi guardo allo specchio cercando di ricompormi. Probabilmente è di nuovo solo King e quella gentile donna che è venuta con lui l'ultima volta. Odio l'insicurezza che provo in questo momento. Inoltre, odio che la mia sorellastra e la mia ex siano quelle che me lo hanno dato.

Esco dal bagno per andare a scoprire perché Conn ha deciso di non restare a letto con me e chi diavolo è qui la mattina così presto. Mi blocco nel corridoio al suono della voce della donna. Questa volta so per certo chi è. Trish. Rimango congelato. Come mi ha trovato? Nora non le avrebbe mai detto dov'ero.

"Sei una bella cosa, vero?" Trish dice con la sua dolce voce dal tono color miele che fa sempre innamorare gli uomini. Una volta pensavo che fosse divertente come riuscisse a convincerli a fare qualcosa per lei. In questo momento, tutto quello che provo è una rabbia rovente. Forse non mi sono arrabbiato quando ho scoperto di lei e della mia ex, ma Conn è diverso. È mio e nessuno me lo porterà via. Voglio dire, voglio fare sesso con lui e lei non mi batte sul tempo. Sai, il sesso per vendetta di cui ho parlato.

Cammino lungo il corridoio, cercando di suonare forte come fa Conn quando lo percorre normalmente, ma so di non essere mai così rumoroso. Entrambi si girano a guardare dalla mia parte. Gli occhi di Trish si spalancano per un attimo quando mi vede, ricordandomi cosa indosso. I miei occhi si spostano su Conn, che ha le braccia incrociate sul petto. Pensavo di essere pazzo. Ma sembra livido. Guardo di nuovo la mia sorellastra ma i miei occhi non possono fare a meno di notare tutte le decorazioni natalizie. Mi porto le mani alla bocca mentre assorbo tutto. Deve essere rimasto sveglio tutta la notte a fare questo.

"Non mi piace", dice Conn.

"Hai fatto tutto questo?" Propongo le cose di Natale.

"SÌ." Abbassa le braccia mentre si gira verso di me. È dietro il bancone della colazione e lo usa per mantenere lo spazio tra lui e Trish. So che in qualche modo lo ha fatto apposta. "Ha portato quella faccia di merda con sé." Capisco subito che Conn sta parlando di Ben. Il mio ex. È gelosia quella che sento nella sua voce? Dovrò esplorarlo più tardi, una volta capito cosa diavolo ci fanno qui questi due sciocchi.

"È ancora vivo?" sussulto. Conn voleva spezzargli il collo l'altra sera. Non lo escluderei. All'improvviso, sono colpito duramente dalla verità di quello che sta succedendo qui. Conn è un po' rude. Eppure ha cucinato per me, ha guardato film di Natale con me, ha decorato la sua casa, mi ha regalato un albero e si è rifiutato di lasciare che qualcuno mi portasse via da qui. Si arrabbiava perfino quando pensava che qualcuno mi facesse del male. Mi ha anche dato il piacere più grande della mia vita. Non vuole scoparmi. Potrebbe chiamarlo così, ma Conn vuole trattenermi. Devo anche ammettere a me stessa che non voglio fare sesso per vendetta, voglio lui, tutto lui.

"Non lo lascia entrare!" Trish batte il piede, puntando l'unghia perfettamente dipinta verso Conn. "All'inizio pensavo che mi volesse da solo." Lancia un'occhiataccia a Conn, avendo capito che i suoi giochi non funzioneranno su di lui.

"Sì. Non volevo nessun testimone quando ti spezzerò il collo."

Mi mordo il labbro per trattenermi dal ridere. Trish sussulta.

"Mi ha appena minacciato!" Trish mi guarda. "Chiamo la polizia. Prendi le tue cose."

"Non l'ho sentito minacciarti."

"Lascia in pace George. Non ha bisogno che tu lo chiami così presto. Sua moglie ha appena avuto un bambino e lui verrà qui solo per dirti quello che ti ho già detto." Fissa Trish con sguardo fisso. "Vai via dal cazzo dalla mia terra."

«Prendi le tue cose, Faith», mi dice Trish.

"Il mio controllo non è eccezionale. Mi mancano circa due secondi prima di uscire e fare quello che non vedevo dall'ora di fare da quando hai fermato il mio vialetto."

"Non ne vale la pena." Mi avvicino a Conn e gli metto la mano sul braccio. Lo sento rilassarsi al mio tocco.

"Fede! Partivano." Trish si intromette di nuovo.

"Sono uscito di casa per un motivo." Rivolgo il mio sguardo su di lei, non sentendomi più di dover essere gentile. Conn potrebbe avermi contagiato un po'. Penso che sia una buona cosa. "Non so come mi hai trovato tanto per cominciare!" quasi grido. Non ho detto a nessuno dove stavo andando per un motivo. «Ben mi sta dannatamente perseguitando. Mi stai facendo saltare in aria il telefono. Ecco perché me ne sono andato senza dire a nessuno dove stavo andando.

"Hai condiviso la tua posizione quando hai pubblicato la tua foto su Instagram." OH. Può farlo? Ops. «E Benjamin non ti sta perseguitando.» Trish alza gli occhi al cielo. Mi avvicino e trovo il telefono. Lo accendo e lo faccio scorrere attraverso l'isola per lei.

"Guarda i suoi messaggi." La vedo arrossire mentre li legge. Tutto ciò mi dispiace e lui mi rivuole. Continuava a mandarmi messaggi che non voleva stare con Trish. Pensava di amarla, ma sono io che vuole davvero. Quella Trish aveva organizzato tutto. Voleva che mi innamorassi di lui e poi che mi spezzasse il cuore. Che aveva accettato perché pensava di essere innamorato di Trish, ma presto aveva scoperto che era me che voleva. Lo aveva fatto solo nella speranza di far ingelosire Trish, ma alla fine si era innamorato di me. Sono tutte stronzate create da due persone meschine. Hanno dato per scontata la mia fiducia e ora possono togliersi il sedere dalla terra di Conn. Non me ne sto andando. Non c'è più niente per me là dietro. In qualche modo so che il mio futuro è qui con Conn.

"Te lo sto mostrando non perché voglio farti del male." A differenza di lei, che ha cercato intenzionalmente di ferirmi. "Te lo faccio vedere perché in ogni caso è un coglione." Indico la porta da cui immagino che Ben sia probabilmente fuori. "Quello che non capisco è perché mi hai messo in contatto con qualcuno con l'intenzione di ferirmi?"

Fa cadere il telefono dal bancone, facendolo cadere a terra con un forte schiocco. Conn inizia a muoversi ma io gli stringo più forte il braccio per impedirgli di farlo. Smittens salta sullo schienale del divano per guardare Trish come fa sempre. Il mio gatto la odia. Lo ha sempre fatto. Anche Ben. Avrei dovuto saperlo. Adora Conn però.

"Dov'è Orso?" Alzo lo sguardo su Conn, realizzando che non è qui. Mia sorella borbotta qualcosa su quanto siano terribili le decorazioni natalizie. Voglio schiaffeggiarla adesso. Posso lasciar perdere tutte le altre cose che ha fatto e detto, ma il fatto che lei abbia umiliato Conn sarà il mio punto di rottura.

"Fa il suo lavoro", risponde. Il suo sguardo mortale rimane su Trish.

"Ha un lavoro?" Che tipo di lavoro potrebbe avere Bear?

"Guardo merda fuori." Lui mi guarda per un attimo. L'angolo della sua bocca si alza mentre mi guarda. I suoi occhi si addolciscono. Sì, Conn è un po' rude ma cerca di essere dolce con me. Mi piace pensare di tirarlo fuori da lui.

"Piccola signorina Faith. Quello che è sempre così perfetto e carino", taglia Trish. "Perché non puoi essere più simile a Faith? È contenta di quello che ha. Perché non sei più grato?" So che sta ripetendo le parole di qualcun altro, ma non sono sicuro di chi. "Questo è tutto quello che sento da mamma e papà." Lei risponde alla mia domanda inespressa. Non li ho mai sentiti dire nessuna di queste cose. Ero sempre sorvegliato. Almeno sembrava così.

"Adesso sono nei guai perché te ne sei andato! Era solo sesso, Faith. Non significa niente. Supera i tuoi capricci e torna a casa. Sei ridicolo. Benjamin ha detto che non avresti spento! Gli uomini hanno dei bisogni. Dovresti ringraziarmi per aver fatto sesso con lui per te." Non capisco perché adesso sia arrabbiata perché Ben mi vuole se lei non lo ha mai voluto. Cavolo, non sono sicuro che Trish sappia cosa vuole. Ha chiaramente dei problemi e sono stufo di essere la persona con cui li sfoga. La voglio fuori dalla mia vita. È qui solo perché ha fatto arrabbiare la mia matrigna e il mio papà. È lì che ottiene tutti i suoi soldi. È l'unica ragione per cui sta cercando di convincermi a tornare a casa. Inoltre non sembra importarle che alcuni dei messaggi che Ben mi ha inviato fossero decisamente inquietanti.

"Il sesso con qualcuno come Faith non è solo sesso", dice Conn. La sua voce è più calma adesso. Lo guardo. Una delle sue grandi mani si alza per prendermi il viso. "Sarebbe come trovare il paradiso." Il cuore mi batte forte nel petto. Non posso credere che abbia detto qualcosa di così dolce. "Uno potrebbe anche rendersi ridicolo nella speranza che lei gli permetta di ottenere un po' di quel paradiso."

"Con." Suspiro il suo nome. Sì, è ruvido sui bordi ma li sta appianando per me. Non voglio che perda tutta la sua ruvidità. Fa parte del motivo per cui lo amo così tanto. Mi si blocca il respiro. Lo amo. È questo l'amore che sto provando?

Dall'esterno arriva un forte ringhio. "Sembra che Ben abbia un desiderio di morte." Conn fa il giro del bancone, afferrando la mia sorellastra per il braccio e spingendola verso la porta.

"Cosa fai?" Lei cerca di liberarsi dalla sua presa. Conn apre la porta e la lascia andare mentre lei si stacca di nuovo da lui. Barcolla fuori dalla porta e si affaccia sul portico. Bear sta in veranda a denti scoperti e ringhia al mio ex. Ben resta lì, immobile, la sua faccia è bianca come la neve che sta cadendo.

"Il mio cappotto!" Trish strilla. "Questo è Burberry." Si alza in piedi cercando di togliere la neve dal cappotto.

"Orso, tallone." L'orso si siede immediatamente e smette di ringhiare.

"Gli permetterai di trattarmi in questo modo?" chiede Trish a Ben, i cui occhi oscillano tra me e Conn.

"Sei Conn Wilson?" chiede Ben.

"Partire. Entrambi." Conn non gli risponde.

"Come Conn Wilson?" Ben ci riprova.

"Come fa a conoscerti?" sussurro, guardando Conn.

"Perché Conn Wilson ha creato un modulo di intelligenza artificiale che fiutava le microtransazioni che alcuni trader avevano utilizzato per frodare le aziende per miliardi di dollari. L'ha venduto a un consorzio bancario per circa un miliardo di dollari e poi è sparito dalla faccia della terra".

Rimango lì scioccato. Trish si lancia contro di lui. Conn la scansa di lato e lei affronta le piante nella neve. Non riesco a trattenermi dal ridere. Guardo Conn, anche lui sorride alla scena davanti a lui.

«Hai dieci secondi prima che io entri e prenda il mio fucile. Uno due-"

Ben salta giù dal portico e inizia a inseguire il SUV, lasciando Trish nella neve.

# Capitolo 15

Fede

"Tornerà per me", dice Trish, tremando nella coperta di lana che Faith le ha avvolto intorno alle spalle. Non sono sicuro del motivo per cui stiamo distribuendo vestiti, coperte e scotch a questa persona. Sì, è stata abbandonata nella neve da uno stronzo ma forse è lì che merita di essere.

Sfortunatamente, non sono riuscito a prendere quella decisione. La fede è quella che chiama quei colpi. Posso preparare del cibo. Quei pancake non si cucineranno da soli.

"Certo che lo farà", dice Faith, ma il suo tono non è convincente.

Verso gli ingredienti secchi in una ciotola e mescolo il latticello e le uova.

"È stato semplicemente colto di sorpresa. Voglio dire... sei una specie di eroe e sentirti parlare con lui in quel modo è stato davvero crudele."

C'è una piccola zona di silenzio durante la quale schiaccio un po' di burro sulla piastra. Fa un bel suono frizzante.

"Non hai niente da dire per te?"

Alzo la testa e mi rendo conto che la sorellastra mi sta parlando. "Non proprio." Alzo le spalle e torno ai miei dolci. "Quanta fame hai?"

"Non ho affatto fame."

"Sta morendo di fame", risponde Faith.

«Ne farò due dozzine. Possiamo congelare gli extra e tu puoi bombardarne uno se ti viene fame."

"Non posso credere che voi due stiate parlando di cibo in questo momento!" strilla Trish.

"Ha ragione", aggiunge Faith. "Dobbiamo fare qualcosa con lei. Possiamo mandarla al King's?"

"Potremmo." Giro le torte e sorrido soddisfatta per la perfetta finitura dorata. "Ma poi dovrei lasciare che King mi spari almeno una volta."

"Beh, non va bene."

"Chi è il re?"

"È un ragazzo ricco che vive in fondo alla strada", rispondo. Forse se mi sparasse semplicemente nella parte carnosa della coscia, andrebbe bene. Almeno ci libereremo di quest'arpia.

"Non potresti pagarlo?"

"Non gestisce davvero un hotel." E non ha bisogno di soldi. Come me, ce l'ha fatta in una vecchia vita e si è rifugiato nei boschi quassù per la privacy. Non so molto della sua storia. Non è qualcosa che ho bisogno di sapere. Allo stesso modo, mi ha lasciato solo.

"Non me ne andrò di qui. Ben tornerà non appena il suo...» Trish agita la mano «qualunque cosa stia succedendo passerà.»

"Perché non chiamarlo?" Suggerisco. Il primo giro di torte è pronto. Metto insieme una pila corta e verso sopra le fragole. "Panna montata?" chiedo, indicando la ciotola con il latte montato e lo zucchero.

"Non devi mai fare questa domanda perché la risposta sarà sempre sì", dichiara Faith. Si allontana da Trish e si avvicina al bancone. Le prendo una forchetta e le verso un bicchiere di latte.

"Cosa stiamo facendo con la ragazza?"

"Non lo so." La fede sembra un po' impotente. "Fa troppo freddo per buttarla fuori."

"Ho solo una camera da letto", le dico.

"Lo so e credimi, non voglio nemmeno passare il Natale con lei."

"Dio, queste decorazioni sono di cattivo gusto. Non posso credere che, con tutti i tuoi soldi, stai imponendo questo genere di cose a Faith," annuncia Trish ad alta voce.

Faith si gira, la forchetta alzata come un'arma. "Le decorazioni sono fantastiche e rustiche."

"Rustico? Questo è ciò che chiami lampadine dipinte e cosa sono queste cose sull'albero? Queste macchie si sono mescolate insieme?"

"Sono pupazzi di neve", rispondo rigidamente. Fare decorazioni fatte in casa non è il mio genere. Posso cucinare, tenere la casa in ordine, programmare un po' se ne ho voglia, tagliare la legna e falciare l'erba. Lancio uno sguardo verso Faith. Le basta?

"Chiunque abbia gli occhi può vedere che sono pupazzi di neve, Trish." Faith si avvicina con passo pesante all'albero e strappa l'ornamento dalle mani di Trish. "Qui tutto è fatto in casa perché è così che lo vogliamo. Hai sentito Ben. Il mio uomo potrebbe rilevare l'intera industria delle decorazioni natalizie, ma poiché tiene così tanto a me, ha realizzato tutto questo per me".

"Il tuo uomo?"

Il mio uomo? Un impulso di energia mi carica lungo la schiena e si deposita nel mio cazzo. Questa è la prima parola di proprietà che ho sentito dalla sua bocca e suona dannatamente bene.

"Sì, amico mio." La fede lascia l'albero per venire al mio fianco. Mi mette una mano attorno ai bicipiti e fissa con aria di sfida la sua sorellastra. "Mi dà da mangiare, si prende cura di Smittens e resta sveglio tutta la notte per assicurarsi che la nostra casa sia splendidamente decorata per Natale. Cosa sta facendo il tuo uomo? Oh, è vero, al primo segno di conflitto, si è infilato la coda tra le gambe ed è scappato. Non mi piace fare giochi di confronto perché non è salutare, ma penso che sia ovvio chi sta vincendo qui e non sei tu.

La mascella di Trish cade e, a dire il vero, anche la mia sarebbe sul pavimento, se non stringessi i denti. Forse quando Faith diceva che voleva scopare, quello che intendeva veramente era che voleva essere amata. È passato solo un giorno e la maggior parte delle persone direbbe che non puoi innamorarti in quel modo, ma nel momento in cui l'ho vista ho capito che era quella giusta per me. Per me, dato che tutto quello che so veramente sono le linee di codice, come crescono gli alberi e che Bear è il miglior cane del mondo, scoparla era il modo per dirle che l'amavo. Ma Faith aveva bisogno di vederlo. Non ho realizzato le decorazioni, dipinto i bulbi e abbattuto l'albero per farla innamorare di me; L'ho fatto perché volevo che fosse felice.

Le prendo la mano e la porto alla bocca. "Ti amo, Fede."

Questa volta la sua mascella cade. "T-mi ami?"

"Sì." Spengo il fornello, le tolgo la forchetta dalle mani e annuisco verso Trish. "Ci sono le chiavi del mio camion appese alla porta sul retro. Se sei fuori di qui entro i prossimi cinque minuti, puoi tenere il camion e ti invierò centomila dollari prima della fine della giornata.

"Non farai..."

Appoggio la mia bocca su quella di Faith e con un bacio scaccio la sua protesta. Il mio conto in banca ha così tanti zeri che avrei potuto scrivere a Trish un assegno a dieci cifre e non sentirlo. Inoltre, nessuna somma è troppo alta per passare un po' di tempo da solo con Faith. La prendo in braccio e la porto lungo il corridoio fino alla camera da letto. Non so se Trish se ne va. Non mi interessa davvero. Quello che so è che amo Faith e ho bisogno di dimostrarglielo, non solo con decorazioni natalizie, pancake e cibo per il suo gatto, ma con il mio corpo.

La stendo sul letto e mi stacco da lei. "Non voglio scoparti, Faith," dico. "Voglio amare te."

"Oh", è la sua dolce risposta, seguita rapidamente da un pugno sul braccio. "Perché non l'hai detto?"

Strofino il punto in cui è entrata in contatto. "A cosa serviva il punch?"

"Perché mi chiedevi sempre di..." Fa un piccolo movimento con il pugno.

Ingoio una risata per la sua timidezza. Appena ventiquattr'ore fa, avevo la faccia sepolta tra le sue gambe e la lingua nella sua fica, ma lei non riesce a dire "cazzo" e c'è qualcosa di così tenero in questo. Voglio prenderla tra le braccia e baciarla finché non diventa rossa dal desiderio e dalle risate. "Volevi fare sesso per vendetta. Volevo dartelo, ma anche perché sei così dannatamente sexy che a volte l'unica cosa a cui riesco a pensare è assaporarti, sentirti.

Lei sbircia attraverso le ciglia. "Nessuno si è sentito così per me prima."

"Meglio di no o dovrei ucciderlo." Le tiro la maglietta. Mi lascia farcela.

«È questo che pensi di Ben?»

"Meglio non dire il suo nome nel nostro letto." Poi i suoi pantaloni si staccano.

"Oh, cosa succederà se lo faccio?" Mi prende in giro mentre mi aiuta a togliermi i vestiti.

"Tutti devono sapere che sei mio, quindi dovrò contrassegnarti qui." Le disegno un cuore sul petto. "E qui." Mi sposto più in basso, dove le sue mutandine proteggono il suo sesso. "E anche qui." Le prendo le dita dei piedi.

"E qui?" Si tocca le labbra.

Le prendo il mento. "Soprattutto lì."

Allora la bacio forte, perché è passato un po' dall'ultima volta che ho avuto la bocca su di lei. Mi chino e le accarezzo la figa attraverso la biancheria intima. È bagnata e pronta contro le mie dita. Scivolo sotto l'elastico e premo all'interno. Il sussulto che le sfugge incendia il mio corpo. Il mio cazzo mi pende pesantemente tra le gambe.

Preliminari, mi dico. Ho bisogno di fare alcuni preliminari, ma mi fa male il cazzo e il bisogno di prenderla, di rivendicarla come mia, è travolgente. Esco dalla sua bocca e faccio scivolare le mie labbra sulla sua mascella. "Devo portarti adesso."

Non è una richiesta ma una supplica. Le sue labbra si curvano mentre annuisce. "Tieniti stretto a me." Prendo il mio cazzo pesante tra le mani e lo premo contro il suo nucleo caldo e umido. È stretta, così stretta che penso che non mi andrò bene. Le sue unghie affondano nella mia pelle. "Andrà tutto bene", le dico anche se non sono sicuro che lo sarà. È così piccola.

"Diventi più piccolo?"

"No." Se non altro, sto diventando più grande con ogni secondo che passo con la mia punta circondata dal suo calore. Prendo di nuovo la sua bocca, baciandola in segno di rassicurazione, in promessa, con amore. Lei mi viene incontro con la stessa passione e io scivolo un po' più avanti e poi ancora un po' finché non sono completamente seduto. Mi fanno male i muscoli per lo sforzo di trattenermi. Si è formato del sudore sul petto e sulla fronte. Le sue unghie hanno creato dei buchi nella mia pelle.

Non mi sono mai sentito meglio. Potrei spostare una montagna in questo momento.

Comincio a muovermi, trascinando il mio cazzo lungo i suoi tessuti morbidi e sensibili. Lei si inarca, disperata per il contatto.

Liberandosi dalla mia bocca, ansima: "Non lasciarmi".

La guardo negli occhi. "Mai." E poi torno a posto.

Le esce un grido. I tacchi mi affondano nella schiena mentre lei mi stringe forte a sé. La accarezzo con il mio cazzo finché tutto il suo viso non si trasforma mentre l'orgasmo la raggiunge. Le sue palpebre si chiudono e la pelle si allunga sugli zigomi. Un rossore la ricopre dalla testa ai piedi e la gioia inonda la sua espressione. È la stessa gioia che prova quando parla del suo maglione luminoso o dei suoi Smittens o dei suoi pancake, solo che è cento volte più luminoso e più bello e voglio vederlo sul suo viso ogni giorno fino alla morte.

Il mio orgasmo mi travolge e pompo il mio seme nel suo corpo accogliente. La metterò incinta. Le darò un bambino. La terrò per sempre.

SÌ. SÌ. "Sì", grido.

La mia eiaculazione dura per sempre, gettando semi lattiginosi nella sua morsa stretta finché tutto il mio corpo non si sente svuotato. Crollo, rotolando di lato e tirandola sopra di me per non perdere il contatto. I suoi capelli sono appiccicati al viso. Spazzolo via qualche ciocca.

"Va bene", scherzo.

"Lo ha fatto." Lei ride, forte e brillante. "Non pensavo che sarebbe successo, ma, oh mio Dio, è successo."

Le accarezzo una mano lungo la schiena, meravigliandomi di come lo scorso Natale ero sola con la sola compagnia di Orso, ma ora ho Faith.

"Cosa stai pensando?" Le sue labbra si muovono contro il mio collo.

"Che sono dannatamente fortunato che tu abbia dovuto pisciare così tanto da passare nella mia corsia." È un po' spaventoso pensare a come ci siamo quasi persi. Sarebbe potuta andare al King's e non l'avrei mai incontrata.

"Ci saremmo ritrovati", dice come se potesse leggermi nel pensiero. "Sarei andato in città, ti avrei visto al supermercato e ti avrei seguito a casa."

"Nah, penso che sia la mia storia. Uno sguardo a te ed ero spacciato.

"Non ho mai creduto all'amore a prima vista", confessa. "E tu?"

"Non ho mai creduto all'amore."

"Come mai?"

"Non me lo ha mai dato nessuno. Non ho mai avuto nessuno a cui darlo. Sono cresciuto in famiglie affidatarie e appena ho potuto prendermi cura di me stesso, sono scappato". Computer, numeri e banconote da un dollaro mi tenevano occupato. Non avrei mai pensato di aver bisogno di qualcos'altro, non finché non è arrivata Faith.

"Bene, ora sono qui, quindi è meglio che tu ci creda."

Inclino la testa in modo che possa vedere la sincerità nei miei occhi. "Non c'è niente in cui credo più di te, Faith."

# Epilogo

Conn

"Quanto è grande l'albero che vuoi che diventi?" chiedo a mia moglie, seduta sul divano davanti alla televisione. Bear è raggomitolata in piedi mentre Smittens si è sistemata sullo schienale del divano. Smittens è stata di cattivo umore negli ultimi due mesi da quando il suo posto preferito per riposare, il grembo di Faith, è stato occupato.

Faith si passa una mano sullo stomaco. "Non lo so. Magari solo piccolo? Non mi sento molto natalizio quest'anno.

Smetto di glassare i biscotti dei pupazzi di neve e guardo la mia bambina sgomenta. Ha appena detto che non sentiva lo spirito natalizio? Mia fede? È il tipo che trascina fuori gli ornamenti in ottobre. Le luci che delineavano il tetto del lodge furono appese prima che mangiassi tutte le caramelle di Halloween. Scatole portaoggetti piene di ornamenti, decorazioni e luci sono sparse per il soggiorno.

"È solo che c'è tanto lavoro e non so se mi sento all'altezza." Lancia uno sguardo colpevole nella mia direzione. "È terribile?"

"No." Preoccupante, ma non terribile. Poso il tubetto di glassa e attraverso la stanza per raggiungerla. "Per il resto stai bene?"

Appoggia la testa sulla mia spalla. "Sì, proprio pronto perché il piccolo faccia la sua apparizione. Devo confessare che pensavo davvero che mi sarebbe piaciuta di più la gravidanza. Adoro i bambini e tutte queste foto di donne incinte su Insta mi hanno reso super emozionata. All'inizio è stato fantastico, ma ora sono pronto per far uscire il piccolo". Si tocca leggermente la pancia. "Perché ci vuole così tanto tempo, piccolo?"

Le catturo la mano e me la premo sulla bocca. «Stare seduto lì sembra decisamente meglio che venire qui fuori. Domani le temperature del vento saranno inferiori a 14".

"Sembra terribile."

Le do un altro bacio sulla mano e torno ai fornelli, dove si è scaldato il sidro caldo. Metto un po' del composto in una tazza e lo porto a Faith insieme ad un paio di biscotti. "È il tempo perfetto per stare in casa accanto al caminetto."

"Volevo uscire con te a prendere l'albero, ricordi?"

"Bear e io sappiamo cosa stiamo facendo. Inoltre, ero preoccupato per te là fuori nella neve.

"Tu eri?"

"Sì, ma non volevo dire niente. Ad esempio, preferirei che tu ti sedessi su questo divano e guardassi la televisione con Smittens piuttosto che farti fare qualsiasi cosa. Ieri ho quasi avuto un infarto quando sono tornato a casa e ho visto tutte le scatole fuori.

"Gli ornamenti sono davvero leggeri."

"Uh Huh."

"Va bene. Vai a prendermi un albero. Immagino che sia una specie di tradizione che tu lo scelga."

Mi alzo e getto un altro ceppo nel fuoco. Il volume della televisione è stato disattivato. Alzo il volume e le lancio il telecomando accanto. "Vado a prendere un alberello e qualche altra stronzata. Rimani sotto la coperta e stai al caldo."

Le do un bacio veloce e scappo fuori di casa prima che possa cambiare idea. Ha ragione, però. È tradizione. Il primo anno, non poteva credere che non avessi festeggiato il Natale e il secondo anno, ho trovato l'albero perfetto mentre ero fuori a ripulire alcuni rami caduti che si erano spezzati durante una tempesta. L'ho tagliato e l'ho trascinato indietro. Era solo la fine di ottobre e la neve aveva a malapena spolverato il terreno, ma Faith era delirantemente felice. Abbiamo anche ordinato un supporto in modo da non dover usare sacchi di sabbia e corde. Quest'anno saremmo andati insieme, in parte perché mi sentivo in colpa per aver sempre scelto il suo albero. Ma mi preoccupavo che lei vagasse per i boschi essendo incinta di otto mesi.

Io e Bear individuiamo un albero perfetto: non troppo grande da travolgere Faith e non così piccolo da farle sentire come se stesse rievocando lo speciale di Natale di Charlie Brown. Abbiamo guardato tutti gli speciali l'anno scorso. Questo è il mio preferito insieme al ragazzone vestito da elfo perché ci si può identificare in quella merda. Neanche io sarei un buon elfo. Gli elfi devono essere piccoli, come Faith. Sarebbe l'elfa perfetta, non che lasci che anche Babbo Natale me la porti via.

Abbatto l'albero e partiamo per casa. Il modesto lodge che avevo costruito quando mi sono trasferito per la prima volta ha una bella vetrata che era buia quando me ne sono andato ma ora è completamente illuminato e ci sono persone che si muovono. "Cosa sta succedendo, Orso?"

Sbuffa in risposta prima di correre verso la porta sul retro. Tengo gli occhi fissi all'interno aspettando che Faith attraversi davanti a una delle tante vetrate. Quando raggiungo il portico, ho contato dieci persone tra cui la vecchia Karen e Henry, King e alcuni altri che non riconosco.

Quando apro la porta, Faith è lì ad accogliermi. "Sorpresa!" grida.

"Cosa diavolo..."

Mi mette una mano sulla bocca. "È così felice che siate tutti qui", grida allegramente. A me, dice: "Ho sistemato l'albero laggiù. Beh, non l'ho fatto. King ha insistito ma è pronto per te.

Lancio a King uno sguardo grato che lui riconosce con un leggero cenno del mento. "Cosa sta succedendo, tesoro?"

"Hayley ha chiamato e voleva sapere la ricetta del sidro che fai sempre. Abbiamo iniziato a parlare e abbiamo deciso che avremmo organizzato una festa per tagliare l'albero di Natale.

Tutte le obiezioni a questo mi scappano dalla testa quando guardo il volto raggiante di mia moglie.

"Non ti dispiace, vero?" sussurra piano.

"Diavolo, no." Cavolo, ballerei nuda a Times Square per farle sorridere così. Ho appoggiato l'albero sul cavalletto. King mette in posizione gli stabilizzatori e la sua nuova moglie stende un panno color tartan attorno alla base. Con l'aiuto di tutte le mani, le decorazioni vengono montate in pochissimo tempo. Ben presto i mobili sono stati spostati, le luci sono state abbassate e Faith è tra le mie braccia, premendo la sua guancia rotonda sul mio petto. Oscillo al ritmo della musica, tenendola stretta.

"Questo è il Natale che ho sempre sognato", dice. "Amici, famiglia e, soprattutto, tu."

"Me?" Non sono mai stato il sogno di nessuno.

"Sì, quando ero giovane, ho sempre immaginato di trascorrere questa magica vacanza con qualcuno che mi amava tanto quanto io amavo lui, quindi sì, questo è davvero il mio sogno diventato realtà."

# Epilogo

Fede

   Anni dopo

   Gemo per la bontà mentre rubo un altro boccone. "Sapevo che ti avrei trovato qui." Mi giro al suono della voce di mio marito mentre mi infilo in bocca il resto del biscotto.

   "Posso essere Babbo Natale", dico con la bocca piena dell'ultimo biscotto tolto dal piatto. Prendo il bicchiere di latte, lucidando anche quello. Conn ride mentre si avvicina per baciarmi. Sospiro nella sua bocca mentre la sua mano strofina la piccola protuberanza che si sta già formando. Aspettiamo il nostro terzo ed ultimo figlio. Anche se ad ogni gravidanza dicevo che sarebbe stata l'ultima, non appena il bambino diventasse un bambino, avrei iniziato a desiderarne un altro. Conn è sempre disposto a darmi quello che voglio. Se ne avessi voluto uno solo, ne sarebbe stato felice. Ha detto che sarebbe stato più che disposto a darmene quanti ne volevo perché gli piace vedermi in giro con suo figlio.

   "Sei il Babbo Natale perfetto, tesoro." Mi solleva, facendomi sedere sul bancone. Lo fisso per un momento, pensando a come siamo diventati realtà tanti anni fa. Ho sempre un po' di nostalgia in questo periodo dell'anno, in più gli ormoni della gravidanza si aggiungono un po' a questo.

   "Mi manca qui." Guardo la nostra piccola cabina che chiamavamo casa. Adesso lo usiamo solo a Natale. È tradizione soggiornare qui la vigilia di Natale. La chiamiamo la nostra casa di Natale perché è esattamente quello che è. C'erano voluti mesi a Conn per convincermi a trasferirmi da qui, ma sapevo che aveva ragione. Eravamo diventati troppo grandi per questo posto quando abbiamo avuto il nostro primo figlio e poi, quando è arrivato il secondo, ho capito che era giunto il momento. Ho dovuto lasciar perdere, ma solo dopo che Conn ha promesso che avremmo continuato a festeggiare il Natale qui. Ok, non so se chiami costruire una casa un miglio lungo la strada "lasciarla andare", ma comunque. Tecnicamente non restiamo più qui, tranne la vigilia di Natale. Di tanto in tanto io e Conn sgattaioliamo quaggiù per un appuntamento notturno senza i più piccoli tra i piedi, ma che non dura mai più di poche ore.

"La nostra casa è proprio così." Sbuffo una risata. Ho mantenuto l'aspetto rustico quando abbiamo costruito la nostra nuova casa, ma non è così rustico. Ha tutti i comfort moderni ma non è eccessivamente lussuoso.

"Possiamo venire qui in qualsiasi momento. Sono abbastanza sicuro di averti scopato su quel divano due settimane fa."

Gli metto le mani sul petto. Lo ha fatto ed è stato strabiliante. Ma non è una novità per noi. Dal momento in cui siamo entrati nella vita dell'altro, abbiamo avuto un'attrazione innegabile l'uno per l'altro.

"L'hai fatto." Sorrido, inclinando la testa all'indietro per offrirgli un bacio. Lo prende. Anche se ci siamo baciati migliaia di volte, non ne ho mai abbastanza di lui.

"Vuoi che ti prepari altri biscotti?" lui offre. Lo faccio, ma lo voglio più di ogni altro regalo in questo momento.

"Sto bene." Faccio scivolare le mani sul suo petto, avvolgendole intorno al collo. «Dormivano?»

"Sono svenuti."

"Bugiardo." È più di un'ora che mette a letto i nostri due piccoli. Scommetto che lo hanno convinto a realizzare altri quattro libri. Può sembrare intimidatorio, ma i nostri figli lo tengono tra i loro mignoli. È un papà così bravo. Sapevo che lo sarebbe stato. Volevo che i miei figli avessero l'infanzia che ho sempre sognato. Con due genitori che li amavano e adoravano. Volevo che sapessero che sarebbero stati sempre al primo posto e che sarebbero stati amati. Forse io e Conn non l'abbiamo avuto, ma i nostri figli sì.

"Io lo chiamo distorcere la verità. Sono svenuti.» Lui sorride. «Dopo il quinto libro o giù di lì.» Rido contro di lui, tirandolo giù per un altro bacio. Sapevo che era quello che era successo perché Conn è un tale idiota quando si tratta dei nostri figli. È adorabile.

"Questo posto racchiude così tanti ricordi. Abbiamo avuto tutte le nostre prime volte qui. Il nostro primo bacio, il nostro primo albero, il nostro primo figlio". Mi guardo intorno e guardo tutte le decorazioni fatte in casa sparse ovunque. Abbiamo fatto una tradizione nel creare decorazioni con qualunque cosa potessimo trovare, proprio come Conn ha fatto per me quando ci siamo incontrati per la prima volta. Quel ricordo mi fa sorridere. Bear giace vicino al caminetto con Smittens sopra come al solito. Sono inseparabili dal momento in cui si sono incontrati e questo non è cambiato per niente.

"Ti amo", dice Conn, fissandomi.

"Anch'io ti amo." Mi solleva, portandomi verso il divano. Si siede con me sulle sue ginocchia e io mi dimeno sulla sua durezza.

"Vuoi il tuo regalo di Natale in anticipo?" Mi dimeno di nuovo, facendolo gemere.

"Sei il mio dono. Il giorno in cui sei entrato nella mia vita è stato il regalo più bello che avrei mai potuto chiedere. Poi mi hai amato e non pensavo che potesse andare meglio di così finché non mi hai dato una famiglia. Mi vengono le lacrime agli occhi alle sue parole. "Io ho fede. Cosa potrei chiedere di più?"

"Ho capito nel momento in cui mi sono acceso il maglione che eri spacciato." Sorride prima di posarmi un bacio sulle labbra.

"Basta con queste chiacchiere dolci. Visto che sei seduta sulle mie ginocchia, dolcezza, perché non mi dici se sei stata cattiva o gentile?"

Ridacchio contro le sue labbra. "Decisamente cattivo."

# Don't miss out!

Visit the website below and you can sign up to receive emails whenever Ashley Colem publishes a new book. There's no charge and no obligation.

https://books2read.com/r/B-A-TMQAB-SPCSC

**BOOKS 2 READ**

Connecting independent readers to independent writers.

Did you love *Prigioniero in una Notte di Neve*? Then you should read *La Donna dei Suoi Sogni*[1] by Ashley Colem!

[2]

Martine Nicklas non stava vivendo la sua vita migliore, ma stava facendo tutto il possibile per arrivarci. Dopo che suo padre fu arrestato per appropriazione indebita, rimase senza un soldo, così prese in prestito l'auto di un amico e decise di guadagnare qualche soldo come autista. Non era il lavoro più sicuro, ma non aveva molta scelta. Non era poi così male, finché non arrivò una notte.

Dodley Colin è un maniaco del lavoro che non ha tempo per le donne. Quando la persona che gli punta in faccia una bomboletta di spray al peperoncino si scopre essere la donna dei suoi sogni, all'improvviso le cose cambiano. È ossessionato dalla giovane bellezza che gli ha rubato il cuore, ma lei sta facendo tutto il possibile per costruire

---

1. https://books2read.com/u/bMnA9G

2. https://books2read.com/u/bMnA9G

le sue mura e tenerlo fuori. Peccato che abbia una mazza e sappia come usarla.

# Also by Ashley Colem

Bien Trop Brutal
Obsede Par Elle
Limite dépassée
Amour Improbable
Kataliya, la Parfaite Élue
Le Choix Ultime d'un Seul Amour
Réveille-toi, Barbara
Sexe à Répétition
Taïna est en feu
Captive d'une Nuit Enneigée: Jusqu'à ce qu'elle apparaisse et que son
âme se sente captivée
Ces Attouchements Tabous: Cette nuit-là, il a changé ma vie pour
toujours
Épuisement: Sienna est peut-être jeune, mais son corps sait ce dont il a
besoin
Il va l'avoir: William veut Jesse plus que tout au monde
La Femme de ses Rêves: Il est obsédé par la jeune beauté qui lui a volé
son cœur
Le No 1 des Connards: Il ne cherche pas d'excuses pour ce qu'il est ou ce
qu'il fait
L'étrange Mariage du Milliardaire
Maintenant... Elle est à moi pour Toujours: Je mets un bébé dans son
ventre et une bague en diamant à son doigt
Piégé par elle

Tenir si Fort: Il ne savait pas qu'une obsession pouvait s'emparer de lui aussi fort
Un Alpha de Mauvais Caractère: Aucune femme n'a jamais été capable de le gérer
Un Échange Très Étrange: Le destin de Cian et de Serenity, croisés dans un lycée américain
Limite Superato
Amore Improbabile
Kataliya, la Perfetta
La Scelta Definitiva di un Singolo Amore
Sesso ripetuto
Taina è in Fiamme
Esaurimento
Intrappolato da lei
La Donna dei Suoi Sogni
Lo Stronzo #1
Ora è mia... per sempre
Prigioniero in una Notte di Neve
Sta per Averla
Stringere Così Forte